KB113993

新**자객전서**傳書

수담·옥 新무협 판타지 소설

FANTASTIC ORIENTAL HEROES

자객전서 5

수담 · 옥 新무협 판타지 소설

초판 1쇄 찍은 날 § 2014년 6월 25일
초판 1쇄 펴낸 날 § 2014년 6월 27일

지은이 § 수담 · 옥
펴낸이 § 서경석

편집부장 § 권태완
편집책임 § 정수경

펴낸곳 § 도서출판 청어람
등록번호 § 제387-1999-000006호
등록일자 § 1999. 5. 31
어람번호 § 제2-2507호

주소 § 경기도 부천시 원미구 심곡2동 163-2 서경B/D 3F (우) 420-822
전화 § 032-656-4452 팩스 § 032-656-4453
http://www.chungeoram.com
E-mail § chungeorambook@daum.net

ISBN 979-11-316-9077-2 04810
ISBN 979-11-5681-921-9 (세트)

자객전서

5

수담 · 옥 新무협 판타지 소설

[위대한 법, 시공결]

FANTASTIC ORIENTAL HEROES

자객전서

1장

세 번째 청부

"회주께선 지금 오해를 하고 있소이다. 나는 회주가 요청한 대로 측성대 저격을 진행하였을 뿐, 회주를 청부 사주하지 않았습니다. 조순을 불러 하문해 보시면 진실을 알게 될 것입니다."

"닥쳐라, 이놈! 결과가 명백하거늘 이제 와서 발뺌을 하려드느냐!"

외견상의 모습이 진짜라면 군자성과 매불립은 주종 관계이다. 군자성이 종을 부리는 주인처럼 거칠게 몰아붙임에도 매불립은 고개조차 바로 들지 못하고 있다.

"회주께서 그토록 나를 불신하니 내가 어찌해야 할까요. 이 자리에서 혀라도 물어드릴까요?"

"이놈이 끝까지!"

군자성의 눈동자에서 흑기가 뭉클 분출됐다. 악인권을 일으킨 현상이다.

"본좌가 네놈에게 전수해 준 악인권은 소악권(小惡拳)일 뿐이다. 내 너를 처음부터 믿지 않았기에 대악권(大惡拳)을 전수하지 않았는데 이제 그 소악권마저도 네놈의 몸에서 지워 버릴 것이다."

군자성이 응징의 뜻을 확고히 드러내자 공손했던 매불립의 반응도 조금씩 변하기 시작했다.

"흐음~ 으흐흐."

낮은 숨결이 기묘한 웃음소리로 변해간다 싶더니 매불립이 조아렸던 고개를 세워 들었다. 정파의 수장으로서 근엄했던 매불립의 원래 모습. 주눅이 들었던 이전의 모습은 흔적도 없다.

"후후, 백 살을 넘기더니 판단력이 상실된 거요? 아니면 너무 오래 살아 노망이 든 거요? 악인권 하나로 진정 나를 죽일 수 있다고 생각하시오?"

"이놈, 이제야 본색을 드러내는구나!"

"본색이랄 것도 없지. 평생을 검도 수련한 검사이거늘 내

어찌 악인권의 마성을 이겨내지 못할까. 당신이 전수해 준 악인권은 내가 이미 오래전에 악인검으로 승화시켰어."

매불립이 비웃는 말과 함께 천수검을 빼 들어 군자성에게 겨누었다. 천수검의 검봉에서는 군자성이 일으킨 악인권의 흑기와 성질이 비슷한 흑색 기운이 일렁대고 있었다.

"악인검? 흥! 대악권과 소악권의 차이는 하늘과 땅이라는 것을 알려주마!"

군자성의 전신에서 흑기가 먹구름처럼 발산되었다.

대악권의 발휘인데 흑기는 곧 거대한 손바닥 형체로 변해 매불립을 향해 날아갔다.

매불립은 방어적으로 검을 휘두르며 뒤로 물러섰다. 아직은 정면 대결을 펼칠 때가 아니라고 판단한 것이다. 매불립은 대악권의 강공에 이십여 장이나 뒤로 물러난 다음 검을 세워 들었다. 대악권에 맞서는 공격 초식이 아닌, 조순에게 보내는 신호이다.

투투투투!

동심맹의 무인들이 일제히 앞으로 뛰쳐나와 매불립의 좌우에 집결했다. 맹주를 보호하는 것이 우선이지만 상황이 여의치 않을 경우 총공격에 나설 기세이다.

군자성이 그 모습을 가소롭게 쳐다보고는 말했다.

"인해전술 따위로 본좌를 어찌할 수 있을 것 같으냐! 내 앞

길을 가로막는 놈은 모조리 죽음의 재가 될 뿐이다!'

군자성의 이 말에 조순이 앞으로 나섰다.

이제부터는 매불립을 대신해 조순이 군자성을 상대한다는 뜻이다.

"회주의 악인권을 상대할 무인들은 당연히 따로 있지요."

조순의 등 뒤로는 감정의 기운이 표출되지 않는 죽립인들이 도열해 있었다.

서른여섯 명의 흑의 죽립인.

이들 모두가 사망탑의 자객이다.

군자성은 그들을 쳐다보곤 이전과 다르게 곤혹한 표정을 잠시 드러냈다.

자객들이 사용하는 능광검 또한 불가공법이기에 이들은 다른 어떤 무인들보다 군자성에게 위협적이었다. 특히 감정을 상실하도록 조련시켰기에 악인권 앞에서도 얼마든지 자살 공격을 펼칠 수 있었다.

군자성은 자객의 숫자를 눈으로 헤아려 보곤 말했다.

"괘씸한 놈들! 나 모르게 사망탑의 자객을 더 만들어냈구나."

"무림이 악인의 손에 넘어가도록 할 수는 없지 않겠습니까."

"흥! 네놈이 따르는 맹주란 놈은 악인이 아닐 것 같으냐?"

"최악보다는 차악의 선택이지요. 그리고 나는 맹주를 믿습니다. 맹주의 수양이라면 악인권의 악성을 이겨낼 것입니다."

"이미 골수까지 악의(惡意)에 물들었거늘 그게 가능하다고 생각하느냐?"

"악성을 극복해 내지 못한다면 그땐 내 손으로 직접 맹주를 처리하지요."

조순의 단호한 말에 군자성은 잠시 침묵했다. 그리고 침묵 속에서 조순을 묘하게 쳐다보고는 입꼬리를 비틀었다.

"그렇구나, 이제 보니 네놈도 악인권을 익혔구나."

조순은 긍정도 부정도 하지 않았다.

군자성이 그 모습을 보고는 악인권을 일으켰다.

전신에서 분출되는 흑기. 대악권의 발휘이다.

"하나, 악인권은 선인만이 성취할 수 있는 무공. 네놈은 원래부터 악인의 심성을 소유했었기에 악인권을 절대 성취할 수 없다."

콰르르릉!

군자성의 말이 끝나며 악인권이 발출됐다.

사망탑의 자객들도 월광을 쏘며 일제히 군자성에게 달려갔다.

불가공법의 격돌이다.

군자성의 악인권은 일반 무인을 상대할 때처럼 압도적인 무력을 떨치지 못했다. 악인권에 정통으로 맞은 자객들은 재가 되었지만 그 외의 자객들은 월광을 끝까지 날려 군자성의 신체에 위해를 끼쳤다.

이대로 상황이 진행되면 승산이 있다.

조순이 그런 뜻의 눈길을 매불립에게 보냈고, 매불립은 그 즉시 천수검을 세워 들었다. 총공격을 알리는 신호다. 매불립의 주변에 포진했던 무인들도 이 순간 전원 병기를 뽑아 들었다.

그렇게 군자성과 동심맹 무인들의 격돌이 벌어지려고 하던 시점이었다.

두두두두두두!

갑자기 지축을 울리는 말발굽 소리가 온 사방에서 울려왔다.

규모로 보아 최소 삼천 명 이상의 기마병!

반전을 거듭했던 오늘의 상황을 최종적으로 정리하는 최대 변수의 출현이다.

이 집단의 정체와 위험성에 대해서는 군자성이 가장 먼저 파악해 냈다. 군자성은 기마 무인들을 돌아보던 중에 무언가를 발견해 내고는 만사를 제쳐놓고 도주하듯 북쪽으로 달려갔다.

매불립과 조순도 뒤늦게 기마대의 정체를 알아냈다.

군자성은 혼자이기에 몸을 피할 수 있지만 매불립과 조순은 그렇게 할 수가 없었다.

전투 무장을 갖춘 삼천 기마.

동심맹이 아니라면 천하에서 이런 병력을 동원할 수 있는 단체는 한 곳뿐이다.

"사중천."

조순은 쓰게 중얼댔다. 온갖 변수를 다 염두에 두었지만 이런 사태만큼은 그도 예상하지 못했다.

조순은 수습에 앞서 매불립에게 눈짓을 보냈다.

현장 상황을 자신에게 맡기라는 뜻.

그러자 매불립이 전음으로 무언가를 전하곤 어디론가 사라졌다.

매불립이 떠난 다음 조순은 기마 전열의 중심부를 노려봤다.

변수의 핵심, 이능이 바로 그곳에 있었다.

이능이 흑마를 천천히 몰고 앞으로 나왔다.

조순과의 거리 십 보.

이능이 그 지점에서 흑마를 세우고 뜻을 전했다.

"자객을 우리에게 넘기고 모두 물러가라! 우리의 뜻에 따르지 않으면 이곳에 자리한 모든 인간은 황하에 수장된 어육

이 될 것이다."

이능의 경고에 조순은 날카롭게 반응했다.

"독심당주, 이게 지금 뭐하자는 거요? 벽산기마대를 동원하는 것은 쟁금법 위반이지 않소?"

삼천 기마대. 이들은 사중천의 최정예 전투 병력, 벽산기마대이다.

이능이 냉소로 응답했다.

"하! 적반하장이로다. 천기당주는 눈이 있으면 주변을 돌아봐라. 쟁금법을 과연 누가 먼저 위반했는가?"

조순은 반박하지 못했다. 야랑을 쫓는 과정에서 위반한 쟁금법이 한두 건이 아닌 탓에 벽산기마대의 출정을 딱히 문제삼을 수가 없다.

"어디 그뿐이랴. 사중천에 알리지도 않고 동심검대를 용문으로 출정시켰더군. 그러고도 당신이 지금 내게 쟁금법을 들먹일 형편이 되는가?"

이능이 쟁금법 위반에 대해 분명히 못을 박자, 조순은 이제 상황 수습에 나섰다.

"측성대 자객을 추적하는 과정에서 어쩔 수 없이 전투 병력을 동원한 것이오. 사중천에는 사건 해결 후에 알려줄 생각이었소."

"측성대 자객? 흥! 청부를 모의한 자들이 누구인지 내 입으로 말하기를 진정 원하는가?"

상대가 이능이다. 이능이 이렇게 강하게 나올 때는 그간의 청부 작전에 대해 이미 다 조사를 해두었다는 뜻이다.

조순은 이능을 날카롭게 노려보며 말했다.

"하면 어쩌자는 것이오? 쟁금법 위반을 나보고 책임지라는 뜻이오?"

"나의 요구는 하나다. 자객을 우리에게 넘기고 즉시 현장을 떠나라."

야랑은 시한부 악인권을 맞은 상태다. 곧 죽을 것이기에 더는 쓸모가 없지만, 이능이 요구했다는 점에서 조순은 본능적으로 의심이 생겼다.

"그렇게 할 수 없다면?"

"천기당주는 상황 파악을 분명히 하라. 당신은 지금 우리와 협상을 하고 말고 할 처지가 아니다."

조순은 불편한 심정을 드러냈다.

"나는 독심당주의 일처리를 이해할 수가 없소. 이렇게 일방적으로 몰아붙인다고 해결될 일이 아니지 않소? 진정 우리와 전쟁을 불사하겠다는 뜻이오?"

조순의 말에 이능이 잠시 침묵했다가 조소를 비치었다.

"이봐, 조순. 정말 실망이군. 아직도 상황 파악을 못해?"

두 번이나 말한 상황 파악. 이건 의미가 다르다.

조순은 눈살을 찌푸리며 물었다.

"무슨 뜻인가? 그건?"

이능이 지휘봉을 하늘로 들었다. 후방의 기마대에 보내는 공격 신호이다.

"전쟁을 하겠다는 게 아니다. 이미 전쟁은 벌어졌다. 바로 오늘 용문에서!"

*   *   *

무림 전쟁의 발화점이 되었던 야랑은 황개 포구에서 이능에게 구조되어 사중천의 하남 안가로 극비리에 옮겨졌다. 당시 야랑은 악인권에 타격된 고통과 정신적 충격으로 거의 실신한 상태였는데 안가로 옮겨진 이후에도 극심한 자책감에 사로잡혀 좀체 깨어나지를 못했다.

꿈, 환상, 그도 아니면 상상이다.

그는 암흑의 공간을 정처 없이 걷고 있다.

이 어둠은 그에게 장벽이 없는 감옥과도 같다.

아무리 걷고 또 걸어도 출구를 찾아낼 수가 없다.

빛.

한 줄기 빛이 암흑의 공간을 밝힌다.

그곳에는 단원들이 모여 있다.

그는 기쁜 심정으로 그들에게 다가간다.

하지만 그의 심정과 다르게 단원들은 경멸의 시선으로 그를 대한다.

"야랑, 네 잘못이야. 너 때문에 우리가 죽었어! 네가 전부 죽인 거란 말이야!"

"자객 주제에 무슨 영웅 흉내야. 주제를 알아! 넌 삼류야. 삼류답게 처신하란 말이야!"

"바보 같은 놈! 측성대에서 군자성을 그냥 죽였으면 이런 일이 벌어지지 않았잖아. 왜 쓸데없이 인정을 베풀어!"

단원들의 말이 맞다.

단원들이 죽게 된 것은 전적으로 그의 책임이다.

자객으로서 청부에만 충실했다면 단원들이 그렇게 무참하게 죽지는 않았을 거다.

"미안해. 정말 미안해. 내가 멍청했어. 나의 잘못된 판단으로 인해 너희가 그만 희생되어 버렸어."

그가 거듭 사죄를 하지만 단원들의 반응은 냉담하다.

이 비통함. 이 자책감.

가슴을 후벼 파는 이 괴로움에서 벗어나는 방법은 하나뿐이다.

신강의 전장 속에서도 결단코 생각해 보지 않았던 자살.

그는 스스로 생명을 끊어 비통하게 죽은 전우들의 넋을 달래고자 한다.

바닥에 칼이 있다.

그는 무릎을 꿇고 칼을 손에 든다.

단원들이 그의 그런 모습을 쳐다보며 조소의 말을 보낸다.

"정말 끝까지 바보 같은 선택을 하고 있군. 그런다고 우리의 억울함이 사라질 것 같아?"

"야랑, 그건 겁쟁이나 하는 짓이야. 자살을 할 바에야 차라리 너답게 적의 칼날에 몸을 내던져!"

단원들의 말에도 그는 자살의 결심을 꺾지 않는다. 이 자책감을 가슴에 담고 살아갈 자신이 도저히 없다.

빛이 꺼져간다.

단원들의 모습도 어둠 속으로 하나둘 사라진다.

마지막으로 남은 단원은 눈물을 글썽이며 그를 바라보고 있는 임건이다.

"야랑, 잊지 마. 망월단은 우리의 꿈이야, 꿈……."

임건은 악인권에 존재가 말살되기 직전, 그때도 그렇게 말했다.

하지만 그때와 마찬가지로 지금 그가 해줄 수 있는 것은 아무것도 없다.

"미안해. 내겐 능력이 없어. 정말, 정말 미안해……."

그의 중얼거림 속에서 빛이 사라진다.

공간은 다시 완벽한 어둠.

그는 어둠 속에서 칼날을 목에 건다.

빛.

새롭게 밝혀진 한 줄기 빛이 그의 결단을 중지하게 만든다.

"아!"

숲 속의 집, 쾌활림이 빛의 공간 안에 있다.

그리고 그가 가장 존경했던 사람, 그의 형 담사후의 모습도 그곳에 있다.

형이 그를 자상히 바라보며 말한다.

"사연아, 그만 현실로 돌아가라. 너에겐 아직 할 일이 많이 남아 있지 않느냐?"

형의 모습 앞에서 그는 감정 표현에 솔직했던 어린 시절의 담사연이 된다.

"싫어. 거긴 너무 힘들고 너무 고단해. 나도 이제 의무감으로 살아가는 인생에서 벗어나 편히 눈을 감고 싶어."

"몽화의 법체를 찾고 여불휘를 통해 나와 다시 재회하기로 약속하지 않았느냐. 자, 어서 돌아가라."

"아니, 난 돌아가지 않아. 꿈속의 만남이든 영혼의 만남이든 현실이 아닌 것은 어차피 마찬가지야. 난 그냥 이곳에서 형과 같이 있을 거야."

"나약한 놈. 내가 너를 잘못 키웠구나."

실망한 음성과 함께 형의 모습이 사라진다.

쾌활림을 밝혔던 빛도 동시에 꺼진다.

공간은 다시 심해 같은 어둠.

그는 어둠 속에 쪼그리고 앉아 칼을 손에 든다.

지독하게 고단했던 인생. 죽음조차 거두어줄 손길이 없다.

빛.

어둠을 밝히는 세 번째의 빛이다.

하지만 빛의 공간에 누가 있든 그는 이제 관심 없다.

누구를 만나게 되든 서러운 심정만 더하게 될 것이다.

빛의 공간에서 가녀린 음성이 들려온다.

"그렇게 떠나시면 안 돼요. 내게 약속했잖아요. 이다음에 나하고 수연교를 같이 거닐어보겠다고."

"아!"

그는 이 음성을 듣자마자 관심을 두지 않겠다는 생각을 버리고 빛의 공간으로 시선을 던진다.

월광이 드리워진 수연교 위에 달의 여신 같은 여인이 서 있다.

전서로만 만난 사이이지만 여인이 누구인지 보는 순간 알 수 있다.

그녀가 애잔한 눈길로 그를 바라보며 말한다.

"나의 비익조, 나의 연리지. 어서 돌아오세요. 나는 그날을 기다리고 있답니다. 오전에는 당신과 같이 수연교를 거닐고, 오후에는 당신과 마주앉아 이화루에서 한 잔의 술을 마셔보는 그날을……. 그리고 밤이 되면 별빛 찬란한 쾌활림에서 당신의 어깨에 기대어 조용히 잠들어보는 그날을……."

"아아!"

지독한 자책감에 빠져 그는 그만 이 여인과의 서약을 잊고 있었다.

세상 모든 것을 다 내려놓는다고 해도 그녀와의 약속만큼은 저버릴 수 없다.

돌아가야 한다, 이추수에게로.

지금…….

당장…….

＊　　　＊　　　＊

"으음."

그는 탕약과 약제의 향이 진동하는 침상 위에서 눈을 떴다.

침상 옆에는 삼십 대 중반의 여인이 간이 의자에 앉아 있었다.

"이제 정신이 들었나요? 아주 위험했어요. 당신은 무려 다섯 시진 동안이나 뇌사 상태에 있었어요."

그는 여인을 묘하게 쳐다봤다.

이추수는 당연히 아닌데 어딘가에서 본 얼굴이었다.

"내가 누구인지 모르겠어요?"

"누구시죠?"

"측성대에서 당신이 죽였던 바로 그 여자."

"아!"

그는 눈앞의 여인이 누구인지 기억해 냈다.

측성대 저격에서 변수가 되었던 군자성의 부인, 유연설이었다.

그때와 다른 점이라면 유연설이 최소 삼십 년은 더 젊어진 모습으로 변해 있다는 것이다.

"설명을 들어야 할 것 같습니다. 이곳은 어디이며, 나는 어떻게 여기로 오게 되었는지… 그리고 당신은 또 왜 그렇게 갑자기 젊어진 모습이 되었는지……."

그의 여러 물음에 유연설은 고개를 저었다.

"그런 것은 중요하지 않아요. 지금 당신이 가장 관심을 두어야 할 사안은 당신의 목숨을 보전할 방법을 찾는 일이에요."

"……."

그녀의 말이 옳다. 시한부 악인권에 맞은 상태라는 것을 그는 잠시 잊고 있었다.

그는 침상에 누워 있는 자신의 몸을 뒤늦게 살펴봤다. 신체 곳곳에 금빛의 침이 꽂혀 있었다.

"움직이지 마세요. 용혈침기의법은 의법이 완료되면 침이 저절로 녹아 살 속으로 스며듭니다. 반 시진은 더 지나야 의법이 완료될 것이니 그때까진 그냥 누운 채로 내 말을 들으세요."

"용혈침기의법?"

기대의 심정은 잠깐이다. 유연설의 이어지는 말은 그에게 희망이 되지 못한다.

"큰 기대는 하지 마세요. 용혈침기의법이 절세의 의술이긴 하지만 그것은 진원진기를 소모한 당신의 신체를 일시적으로 회복시켜 주는 수준에 불과해요. 악인권에 타격된 당신의 몸은 세상의 어떤 의술로도 치유하지 못해요."

정신을 잃었기에 시간의 흐름을 알 수 없다. 그는 착잡한 음성으로 물어봤다.

"얼마나 남았죠?"

"이곳까지 이동하는 데 걸린 시간은 세 시진이고 이곳에서 용혈침기의법으로 보낸 시간은 다섯 시진이에요. 여덟 시진이 지났으니 당신의 생명은 앞으로 정확히 네 시진 남았어요."

네 시진의 목숨.

죽음의 시점이 임박했다는 것이 실감된다.

남은 시간 동안 무엇을 할까. 아니, 무엇을 할 수 있을까.

이추수에게 보낼 유서를 작성하는 것이 최우선적으로 할 일이지만 아쉽게도 주변에는 유월이 보이지 않고 있다.

그가 좌절의 심정에 빠져 있을 때 유연설이 말했다.

"살고 싶으세요?"

당연한 물음. 살아날 방법이 있다면 영혼이라도 팔고 싶다.

"되살아나서 당신을 이렇게 만든 사람들에게 복수하고 싶나요?"

"내가 다시 살 방법이 있습니까?"

"어쩌면……."

그는 말꼬리를 흐리는 유연설을 진하게 쳐다봤다. 거짓으로 하는 말이 아니란 것은 그녀의 눈을 통해 알 수 있었다.

"방법을 가르쳐 주십시오. 살 수만 있다면 무슨 일이든 다 하겠습니다."

그는 절박한 심정으로 말했다. 단순히 더 오래 살고자 이렇게 매달리는 것은 아니다. 그의 삶을 농락하고 지인들을 해친 적들이 밖에 있다. 그는 그자들에게 되돌려 주어야 할 피의 값이 있다. 그것을 해결하지 못하고 삶을 마친다면 죽어서도 편히 눈을 감지 못한다.

"한 사람을 만나서 그분이 요구하는 일을 해주겠다고 약속하면 돼요. 그리하면 그분이 당신에게 새 생명을 선사해 줄 거예요."

"그 사람은 지금 어디에 있습니까? 제가 직접 찾아가겠습니다."

그는 몸을 일으키고자 억지로 허리를 비틀었다. 남은 시간이 고작 네 시진이다. 그의 처지로선 서두르지 않을 수가 없다.

"조급해하지 마세요. 그런다고 해결될 일이 아니에요."

유연설이 그의 가슴을 지그시 눌러 침상에 다시 눕혔다.

"내 말을 끝까지 들으세요. 당신이 굳이 그분을 찾아가지 않아도 돼요. 동심맹의 포진을 뚫고 당신을 구출해 낸 사람도 실은 바로 그분이에요. 시간이 되면 그 사람이 당신을 만나고자 직접 찾아올 거예요."

그는 실신한 상태로 이동되었기에 그간의 상황에 대해 알지 못한다. 다만 그녀의 말에서 자신이 단순하게 구출되지 않았다는 것은 짐작할 수 있다.

"그분을 만나기 전에 군자성에 대해서 당신이 알아두어야 할 이야기가 있어요."

"말씀하십시오. 경청하겠습니다."

"황개 포구에서 군자성이 당신에게 마지막으로 했던 말을 기억하나요?"

그는 고개를 끄덕였다.

"내가 동심맹을 조직했고, 중무련을 신강으로 보냈으며, 무림
맹 결성을 주창했다. 사망탑을 세운 구인회주가 바로 나이며 화룡
도를 최초로 발견한 용문의 문주도 바로 본좌이다. 신무림을 만드
는 모든 일이……."

기억하기 싫지만 그의 뇌리 속에는 군자성의 그 말이 인처
럼 박혀 있다.

"군자성이 강호를 기만한 일은 그뿐만이 아니에요. 군자성
은 거짓으로 점철된 인생을 살아왔어요. 단적으로 올해 여든
여덟 살을 맞이했다며 미수연을 열었지만 실제 군자성의 나
이는 백 살을 한참 넘긴 백이십일 세이죠."

"……."

백이십일 세의 나이.

상식적으로 이해가 잘 안 된다. 인간이 그렇게 오래 살 수
있는가? 아니, 살 수는 있다고 하더라고 어찌 그렇게 육체적
으로 왕성하게 활동을 할 수 있다는 말인가.

"내 말을 믿으셔야 해요. 나는 일곱 살 시절에 군자성을 처
음 만났고, 그때 그 사람의 나이는 마흔두 살이었어요. 그 후

로 오랫동안 같이 살아왔으니 내가 바로 그 사람의 진짜 나이를 알려주는 산증인이에요."

그녀의 설명에 그는 눈살을 찌푸렸다.

눈앞의 이 여인도 군자성만큼이나 불가사의한 나이이다. 군자성과 삼십오 년 차이라고 주장했으니 그녀의 나이는 올해 팔십육 세인데 아무리 살펴보고 또 살펴봐도 그녀는 서른 살 중반의 여성으로 보일 뿐이다.

"군자성이 그렇게 오래 살 수 있었던 첫째 이유는 나를 만났기 때문이고, 둘째 이유는 악인권을 대성해 수명을 대폭 연장시켰기 때문이에요."

악인권으로 수명을 대폭 연장시켰다는 말에도 의문이 생기지만, 그로선 악인권에 대해 잘 모르고 또 확인할 수도 없으니 그냥 듣고 있을 수밖에 없다.

"하지만, 인간의 몸으로 그렇게 수명을 연장시키는 방식에는 한계가 있어요. 그래서 군자성은 불사의 몸이 되고자 수단과 방법을 가리지 않고 화룡도 쟁취에 매달렸죠."

점입가경, 이젠 불사의 신체까지 거론한다. 그는 의문을 더는 참지 못하고 물었다.

"화룡도를 소유하면 불사의 신체가 된다고요? 그게 진짜 가능한 일입니까?"

"완전한 불사체야 될 수 없겠죠. 하지만 화룡도를 소유하

면 수명이 인체의 한계 범위 이상으로 길어지는 것은 분명해
요. 내가 그 증거의 하나이죠. 화룡의 피를 물려받은 것만으
로도 우리 종족은 젊음을 유지한 채 백 살 가까이 살 수 있으
니까요."

그녀의 말 속에 또 다른 의문이 있다.

화룡의 피. 종족. 젊음의 유지.

화룡도와 그녀는 대체 어떤 관계란 건가.

유연설은 자신의 신상에 대해 밝히지 않고 군자성에 대해
서 설명을 이어나갔다.

"군자성은 스무 살 시절에 모처에서 화룡도를 발견했죠.
그 당시 화룡도는 완성된 것이 아닌 초기 상태였지요. 완전한
화룡도가 되려면 백 년의 시간이 더 필요했는데 올해 십이월
이 바로 그 백 년이 되는 시점이에요."

군자성이 왜 장수의 삶에 매달렸는지 그 의문은 조금 풀렸
다. 백 년의 시간을 더 보내야 했기에 군자성은 악인권의 위험
성을 알고서도 수명 연장의 목적으로 그것을 성취한 것이다.

"하지만 불로불사를 꿈꾸었던 군자성의 초기 심성은 세월
이 지나며 악인권의 악성에 완전히 물들어 버렸죠. 그는 이제
불로불사를 넘어서는 존재, 강호를 영세군림하는 악의 제왕
이 되고자 해요. 그래서 막아야 해요. 그의 행위를 막지 않으
면 천하는 피로 뒤덮이게 될 거예요."

그녀가 길었던 말을 마치고 나서 그를 다시 진하게 응시했다.

"이제 당신이 얼마나 큰 실수를 했는지 알겠어요?"

"……."

"당신은 그때 다른 생각 하지 말고 군자성을 죽였어야 했어요. 군자성이 나를 죽이고자 측성대 청부를 동심맹주에게 지시했어요. 그러기에 군자성은 자객의 살수가 자신에게 향하리라곤 예상을 못하고 있었어요. 또한 저격수와 암중의 조력자가 완벽히 어울렸던 절호의 암살 기회였어요. 그런 기회는 아마 다시 맞이하기 힘들 거예요."

측성대 청부자는 매불립이 아닌 군자성.

그가 새롭게 알게 된 측성대 저격에 관한 진실이다.

아울러 그의 저격을 도운 암중의 조력자가 있었다는 말도 그로선 뜻밖이다.

"당신이 저격에 나섰을 때, 내가 군자성의 손목을 잡고 용음미기를 주입시켰죠. 용음미기는 무인의 내력 활동을 일시적으로 중지시키는 무공 수법이에요. 그래서 군자성이 당신의 능광검 발휘를 보고도 방어를 하지 못했죠."

"아!"

그는 쓰린 신음을 흘려냈다. 저격 과정에서 그런 속사정이 있었으리라고는 생각을 하지 못했다.

"면목이 없습니다. 당신이 생명을 걸고 나선 일을 그만 내가 다 망쳐 버렸습니다."

그의 솔직한 심정 표현에 유연설은 한숨을 잠시 흘려내고는 고개를 저었다.

"이미 지나간 일이에요. 이제 와서 당신이 죄송해할 필요는 없어요. 그리고 따지고 들자면 측성대 저격에서 당신의 의도를 제대로 파악하지 못한 우리의 잘못도 커요. 그만큼 당신의 저격 작전이 대단했다는 뜻이겠지요. 당신은 개인의 몸으로 동심맹과 사중천의 작전을 동시에 깨어버린 최초의 인물이에요. 그런 능력의 소유자라면 이번에 실패했던 군자성 저격을 다음번에는 당신의 손으로 완수해 내리라 믿어요."

그녀의 말도 진심이었다. 이능과 조순이 동시에 측성대 작전을 진행했다. 그 작전이 이렇게 꼬여 버린 것은 그의 능력이 끝까지 변수가 되었기 때문이다.

"자, 내가 해줄 말은 여기까지예요. 내 신상에 관한 의문 사안은 조금 후에 만날 그분의 입을 통해서 전해 들으세요."

유연설이 의자에서 일어났다. 일어선 그녀는 실내를 나가는 것이 아닌 그의 얼굴 앞으로 바짝 다가왔다.

그녀가 그의 윗머리를 건드렸다.

백회혈에 꽂인 금침이 녹아들며 그는 정신이 멍해졌다. 몽롱해지는 의식 속에서 그녀의 안타까운 음성이 들려왔다.

"삶은 애달프고, 고단한 숙명은 끝이 없으니, 이 가여운 시월인(時越人)의 영혼을 어찌할까. 그가 만인을 위한 자기희생을 함에도 현세와 후세에 걸쳐 누가 있어 그의 이름을 기억하고 슬퍼해 주리오."

*   *   *

혼절 상태에서 두 번째 현실 복귀다.

"으음."

그는 어지러움을 느끼며 눈을 떴다.

장소는 그대로인데 눈앞에 있는 사람이 달라졌다.

유연설은 보이지 않고, 단신의 중년 남자가 침상 앞에서 그를 응시하고 있었다.

"내가 누구인지 알겠는가?"

처음 보는 사람이기에 정체는 당연히 모른다. 다만 눈앞의 이 남자가 유연설이 곧 만나게 된다고 했던 그분임은 어렵지 않게 알 수 있다.

"나는 자네의 측성대 저격을 도운 숨은 조력자이자, 자네에게 새 생명을 선사해 줄 구원자이네."

남자가 피식 웃곤 말을 이었다.

"참! 내가 유연설에게 청색 목도리를 건네주었으니 자네의 측성대 저격 작전을 혼란케 하였던 방해자였기도 하네."

측성대 청부의 진실.

이중으로 청부가 이루어졌던 그때의 속사정이 밝혀지고 있었다.

"동심맹이 자네에게 청부했던 대상은 유연설이었네. 내가 그 청부를 사전에 감지하고 그 기회에 매불립과 군자성의 실체를 만인 앞에 드러내고자 동심맹의 작전을 역이용하는 청부를 은밀하게 하나 더 해놓았던 거네."

그는 침상에서 몸을 일으켰다. 몸이 천근만근으로 무겁지만 상반신을 일으키는 것에는 무리가 없었다. 유연설의 용혈침기의법이 효력을 본 모양이었다.

그가 몸을 일으키던 사이에도 남자의 말은 계속됐다.

"그날 내가 예상치 못한 것은 두 가지였네. 자네가 그렇게 단번에 군자성을 저격할 수 있으리라 판단을 하지 못했다는 것과 그 후에 아무도 모르게 저격 대상들을 되살려 냈다는 점이네. 특히 두 번째 사안에서는 정말 깜짝 놀랐지. 내 인생에 그렇게 놀라는 것은 흔하지 않은 일이네."

흔하지 않다고 말했지만, 이 순간 그에게는 처음이라는 뜻으로 들려왔다.

동심맹을 암중에서 가지고 놀았던 눈앞의 이 남자.

정체가 궁금하지 않을 수 없다.

그가 물었다.

"당신은 누구십니까?"

"아직도 모르겠는가? 자네의 능력이라면 지금쯤 나에 대해서 알아냈을 것 같은데."

그는 깊게 생각한 후에 한 인물을 뇌리에 떠올렸다.

"구마존자 이능이십니까?"

"맞네. 내가 바로 천하에서 가장 교활하고 심계가 악독하다는 사중천의 그 독심당주일세."

"아!"

그는 탄성을 흘려냈다.

사중천의 실세. 독심당에 앉아 천 리를 내다본다는 사람. 측성대 청부에 사파 최고의 두뇌 이능까지 개입해 있었다. 한편으로 이능의 청부 개입은 그에게 착잡한 심정도 안겨다 주었다. 청부의 내막을 사전에 알았다면 현재와는 사뭇 다른 결과가 나왔을 것이다.

"지금 나를 원망하고 있는 건가?"

"……"

그는 긍정도 부정도 하지 않았다.

이능이 그 모습을 가만히 바라보며 말했다.

"실은 측성대 저격 이전에 자네와 접선하고자 무던히 애를 썼네. 하지만 천기당에서 자네를 추적하지 못했듯, 독심당도 자네의 종적을 찾지 못했네. 단언하건대 현 천하에서 천기당과 독심당의 눈을 동시에 피할 수 있는 자객은 자네뿐일 걸세."

이능의 설명을 듣고 보니 허탈감이 더해진다. 천기당의 감시를 피하고자 은신에 총력을 기울였는데 그게 오히려 현재와 같은 나쁜 결과로 이어진 원인이 되어버렸다.

"나도 이런 결과가 나오게 된 것을 무척이나 안타깝게 생각하네. 하나, 이제 와서 지나간 과정을 따져본들 무슨 의미가 있겠는가. 중요한 것은 앞으로의 일이네. 자네는 그날 독심당의 부당주로 변장해서 측성대에 올라왔지. 과감한 결단이자 허를 찌르는 침투 방법이었네. 자객이 이능의 측근 인사로 변신했으리라 누가 의심을 할 수 있었겠는가. 자네의 그런 능력은 나에게 확신을 주었네. 자네라면 얼마든지 제이의 측성대 저격을 할 수 있을 것이라고 판단하네."

이능의 주장이 옳다. 쓰라린 과거는 가슴에 묻고 이젠 적의 목을 도려낼 앞으로의 일을 준비해야 한다. 그리고 그렇게 하려면 무엇보다 시한부 악인권에 타격된 몸을 먼저 치료해야 한다.

"저를 살릴 수 있다고 들었습니다. 맞습니까?"

"틀린 말은 아니지."

그는 침상에서 내려와 이능의 앞에 무릎을 꿇었다.

"살려만 놓아주십시오. 그렇게 해주신다면 무슨 짓이든 하겠습니다. 원하신다면 독심당의 살수가 되어 기꺼이 활동하겠습니다."

이능이 그의 손을 잡고 일으켜 침상에 다시 앉게 했다.

"자네는 무림 제일의 자객일세. 그런 자네를 거둘 능력은 독심당에 없네. 나는 자네의 목숨을 담보로 한 가지 청을 할 것인데 그것만 들어주면 되네. 그렇게 하겠는가?"

청이란 말의 뜻을 그는 모르지 않았다. 자객에게 청할 것이라고는 살인 청부밖에 없음이다.

"동심맹과 세 가지 청부로 계약을 맺었더군. 내 청부는 그것의 종결판이라고 생각하게. 그 이후로는 더는 자네에게 청부하지 않겠다고 내 약속하지."

계약 내용까지 다 알고 있는 이능이다. 그에겐 이능의 이 청부를 거부할 어떤 권리도 없다.

"청부 대상이 누구입니까?"

그의 단도직입적인 물음에 이능은 고개를 저었다.

"일단 자네의 몸부터 치료하는 것이 급선무이네. 말은 안 했지만 그동안 두 시진이 더 지났었네. 두 시진 후에는 어떤 방법으로도 자네의 생명을 보전시킬 수가 없네."

이능이 말을 끝내고 가볍게 손뼉을 쳤다. 그러자 쇠사슬이 바닥에 질질 끌리는 소리와 함께 존재감이 심상치 않은 산발의 괴인이 실내로 들어왔다.

산발의 괴인.

쇠사슬만 온몸에 두른 것이 아니다. 괴인은 못 같은 쇠침을 머리부터 시작해 전신에 꽂아 두고 있다. 무공의 수단이라기보다는 자기 몸을 스스로 학대하고 있는 모습. 쇠침이 꽂힌 곳에서는 피가 질질 흐르고 있다.

"누구인지 알겠는가?"

이능의 물음에 그는 산발의 괴인을 다시금 주목하다가 문득 한 인물을 떠올렸다.

"혈마?"

괴인은 혈마 소적벽이었다.

이전과 분위기가 많이 달라진 탓에 혈마를 눈앞에서 보고도 알아차리지 못했다.

"저 사람이 왜?"

"혈마의 외양에 선입감을 가지지 말게. 저 사람은 지금, 지난 죄를 참회하고자 스스로 자기 몸에 고통을 주고 있는 거네."

그의 물음은 그런 뜻이 아니다. 혈마가 대체 악인권의 치료와 무슨 관계가 있다는 건지 그것을 물어보고 있다.

"저 사람이 자네의 목숨을 구해줄 것이네."

"으음."

그는 찜찜한 숨결을 흘려냈다. 희대의 살인마로 악명을 떨치며 살아왔던 혈마이다. 그 혈마가 남의 생명을 구한다는 것이 그로선 좀체 믿기지 않았다.

"정확히 말하자면, 저 사람이 자네를 확실하게 죽여 놓을 것이네."

"네?"

이능의 이어진 말에 그는 깜짝 놀라 혈마를 쳐다봤다.

바로 그때 혈마가 고개를 번쩍 들었다.

혈마의 눈동자에서 강렬한 서기가 분출된다.

바라보는 자, 혼까지 떨려 버릴 신령스런 서기!

서기는 곧 하나의 물체로 형상화됐다.

위대한 서기와 존엄한 광채로 빛나는 창!

혈마가 창을 들어 그의 가슴에 꽂아 넣었다.

고통?

그런 것은 전혀 느껴지지 않는다.

이 순간 그는 지친 심신에 절대적 안식을 주는 온화함에 깊이 빠져들고 있다.

하늘을 관통하는 창(槍)은 악인의 착한 심중에 있네.

악인만 익힐 수 있고, 성취하면 악인도 선인으로 변한다는 이단의 무공!

불가공법 신선의 창, 선인창.

혈마가 그의 가슴에 꽂은 것은 바로 그 선인창이었다.

*   *   *

혼절 상태에서 세 번째 현실 복귀.

"아암."

그는 개운한 심정으로 하품을 하며 깨어났다.

외상뿐만 아니라 악인권에 타격된 내상까지도 씻은 듯이 사라져 있었다.

"그래, 기분이 어떤가?"

이능의 음성이 들려왔다.

실내에 혈마는 없고 이능만 원래의 자리에 있었다.

"좋군요. 이런 심신은 정말 오랜만에 가져봅니다."

그는 말과 함께 침상에서 내려왔다. 몸에 무리가 전혀 없었다. 단전에는 이전에 없던 내기까지 충만해 있었다. 이런 몸 상태라면 능광검을 종일토록 사용할 수 있을 것 같았다.

"자네의 몸이 치유되면서 유연설이 시술했던 용혈침기의 법도 효능이 극대화되었네. 사실 그녀의 용혈침기의법은 무림인이 만년삼왕이나 공청석유를 복용하는 것에 못지않는 큰 기연일세. 나중에 그녀를 만나게 되면 감사의 말을 전하시게."

"네."

감사를 전할 대상이 어찌 유연설뿐이랴.

그는 감사의 뜻으로 이능에게 정중히 포권했다.

이능이 그 모습을 보고는 흐뭇하게 웃었다.

천하에서 가장 교활하고 심계가 악독하다는 이능.

이 순간 그는 이능에 관한 세간의 평가가 잘못되었다는 것을 알았다.

이능은 악인이 아니다.

악인은 마음에서 우러나오는 이런 인자한 미소를 절대 보이지 못한다.

이능이 조금 섭섭한 투로 말했다.

"왜 묻지 않지? 선인창에 대해서 알고 싶은 것이 없는가?"

"어차피 제게 말씀해 주실 것이 아닙니까?"

이능이 피식 웃곤 말을 이었다.

"혈마에게 선인창을 전해준 사람은 바로 나일세. 난 오랫동안 그것을 수련했지만 성취할 수 없었지. 성취 못한 이유가 무엇인지 알겠는가?"

"……."

"선인창은 악한 심정을 소유한 자만이 성취할 수 있네. 다시 말해 내가 악인이 아니었다는 거지. 뭐, 한때는 선인창을 성취하고자 나쁜 짓을 골라 해봤지만 사람의 심성이란 것이 인위적으로 변질되지는 않더군. 오히려 선인창을 수련하면 할수록 마음만 더 선인이 되더군. 그래서 나를 대신할 사람으로 혈마를 선택했지. 지독한 악인이었다는 것을 증명이라도 하듯 그 인간은 어렵지 않게 그것을 성취하더군."

이능은 그가 모르고 있던 구출 상황과 선인창에 얽힌 일에 대해서도 이야기했다.

"자네가 쓰러져 있을 때, 군자성이 사중천의 군사 개입을 보고 현장을 급히 피한 이유는, 벽산기마대 안에서 선인창을 세워 든 혈마를 보았기 때문이네. 악인권과 선인창은 공멸을 부르는 상극의 무공이라고 할 수 있네. 선인은 대의를 위해 기꺼이 같이 죽을 수 있지만 악인은 그렇게 하지 못하지. 그래서 군자성은 만사를 제쳐놓고 도망간 것이라네."

선인창에 관한 설명은 그 정도에서 일단락됐다.

이제 본론에 들어가야 할 때이다.

이능이 잠시 대화에 공백을 두던 사이에 그가 먼저 청부에 대해 말문을 열었다.

"청부 대상이 누구입니까? 군자성입니까?"

측성대에서 이중 청부를 하여 군자성을 죽이려고 했던 이능이다. 따라서 이능의 청부 대상으로 가장 먼저 떠오르는 인물은 당연히 군자성이다.

그런데 이능은 그의 추정을 간단하게 비켜갔다.

"명색이 사파 최고의 두뇌이거늘, 내가 손해 보는 장사를 할 까닭이 있겠는가?"

"손해 보는 장사라니요?"

"후후, 자네가 여길 나가면 군자성을 아비객의 첫째 표적으로 삼을 걸세. 어차피 자네가 죽이려고 할 것인데 내가 왜 굳이 군자성을 청부하겠는가? 안 그런가?"

군자성의 생각이 맞다. 군자성의 악인권에 단원들이 몰살됐다. 암습을 하든 독살을 하든 그는 군자성을 절대로 살려두지 않는다.

"동심맹주가 대상입니까?"

그의 두 번째 추정 인물도 군자성과 같은 논리로 배제되었다.

"매불립도 마찬가지이네. 그자는 아비객의 한 냥짜리 표적일세. 내가 전 재산을 털어 자네를 구했는데 그렇게 값이 싼 인간을 청부하겠는가."

"하면 조순입니까?"

"그런 머저리는 자네 손을 빌리지 않아도 내가 충분히 처리할 수 있지."

세 번째 추정 인물도 빗나가자 그는 조금 당혹스러웠다. 군자성도 아니고, 매불립도 아니고, 조순도 아니라면 이능의 청부 대상은 대체 누구란 말인가. 그 삼 인과 비교되는 청부 대상이 무림에 존재했던가.

이능이 그를 똑바로 바라보고는 말했다.

"내가 청부할 대상은 사중천주이네. 일주검마 여불청을 죽여주게."

"네?"

그는 깜짝 놀랐다. 소속 단체의 수장을 청부하리라곤 진정 예상하지 못했다.

"나를 반역을 일삼는 사특한 인간이라고 생각하지 말게. 내가 사중천주를 청부하는 것은 그만큼 그 사람이 강호에 큰 위험을 가져오기 때문이네."

"그 사람이 대체 얼마나 위험하기에 청부를 하시는 겁니까? 군자성이나 매불립보다 더 위험한 존재입니까?"

"물론이네. 이전에 거론한 세 사람은 사중천주가 몰고 올 위험한 세상에 비교하면 아무것도 아니네. 그 사람을 죽이지 않으면 무림이 종말, 아니, 대륙의 역사가 이 땅에서 지워질 것이네."

"으음."

그는 불편한 숨결을 흘려냈다. 무림 종말이라고 그랬다. 아무리 위험한 인물이라고 해도 개인에 불과하거늘 무림 종

말을 어찌 거론할 수 있다는 말인가.

"청부를 거부하는 것은 아니지만 설명은 들어보고 싶습니다. 말해주시겠습니까?"

"일단 자리를 옮기세. 제법 긴 이야기가 될 거야. 자네의 삶과도 매우 깊은 관계가 있다고 할 수 있지."

2장

위대한 법, 시공결

　이능이 그를 데리고 안가를 나왔다. 안가 바깥에는 겨울꽃이 자란 화원과 작은 연못이 있었다. 이능은 그 연못 앞에 놓인 장의자에 허리를 걸치고 앉았다. 그도 이능의 옆자리에 같이 앉았다.

　이능은 연못의 수면을 잠시 내려다보고는 말문을 열었다.

　"이 청부의 내막을 알려면 불가공법부터 이야기해야 되네. 자네는 불가공법이 전부 몇 가지로 이루어졌는지 알고 있는가?"

　"일곱 가지로 알고 있습니다."

"그렇지. 그래서 세간에서는 불가공법을 칠결공법이라고 부르기도 하는데 그 칠결공법이 공교롭게도 현세 무림에 전부 출현했네."

"……."

이능의 주장에는 석연치 않은 점이 있었다. 선인창까지 등장했으니 시공결을 제외한 불가공법이 전부 출현한 것은 맞는데 그중에서 몽환영에 관한 사실은 오직 그만이 알고 있었다. 이추수도 알고 있지만 다른 시대에 살고 있으니 없는 것이나 마찬가지였다.

이능은 그가 다른 생각을 하든 말든 상관치 않고 자신의 주장을 이어나갔다.

"내가 서두에 불가공법을 거론한 이유는 시공결 때문이네. 즉, 시공결까지 현세 무림에 출현했다는 거네."

"네? 그게 정말입니까?"

사안이 워낙에 중대해서 그는 몽환영에 관한 의문을 머리에서 바로 지워냈다.

가장 위대한 법은 시공결(時空決)이라네.
사연은 심해처럼 깊고, 인연은 해와 달처럼 애달프니,
연자의 과거는 이제 미래가 되고, 미래는 또한 과거가 되네.

불가공법 중에서 가장 난해하고 가장 불가사의한 그것.

신의 능력이 아니고서는 무슨 재주로 시간의 흐름을 돌려 인간의 운명을 바꿀 수 있단 말인가.

그래서 불가공법을 연구했던 역대의 무림 학사들도 시공결만큼은 절대 불가능하다고 단언해 왔다.

논리적으로 설명이 안 되는 몽환영을 경험했던 그 역시도 같은 생각이었다. 시공결은 나머지 불가공법과 차원이 다른 신의 영역이었다.

"역시 믿지 않는군. 하기야 누가 있어 시공결의 출현을 믿을 수 있을까."

이능이 연못으로 다시 시선을 던졌다. 그리고 그렇게 한참을 바라보다가 뜻 모를 말을 문득 꺼냈다.

"자네는 지금의 세상이 진짜라고 생각하는가?"

"……."

형이상학적인 물음.

그는 답을 하지 못했다. 이 물음에 답변을 쉽게 할 수 있다면 그게 더 이상할 것이다.

"장자는 나비의 꿈을 말하며 어쩌면 우리의 세상이 허상일지도 모른다고 주장했네. 시공결은 바로 그러한 겹쳐진 다중 세상의 논리에 입각한 불가공법이네. 누가 창안했는지는 알 수 없네. 어쩌면 신이 인간의 능력을 시험해 보고자 그린 문제를 내어놓았을지도."

이대로 이능의 말을 듣고 있을 수는 없다. 그는 보다 더 현실적으로 물었다.

"그래서 시공결이 발휘되었다는 겁니까?"

"그러하네. 오래전에 시공결이 시전되었지. 그러니까 지금의 세상은 시공결이 바꾼 시대의 연장선상인 거네."

"언제 어디서 어떻게 바뀌었다는 겁니까? 외람되지만 저는 당주님의 말에 동의할 수 없습니다."

"지금부터 이십삼 년 전. 장소는 장강의 강변. 사건은 여불청과 매불립의 장강결투. 바로 그때부터 시공결로 바뀐 시대가 시작되었지."

이능이 구체적으로 답을 하고 나오자 그도 이젠 경청의 자세가 진지해질 수밖에 없었다.

"매불립과 여불청의 장강 대결은 워낙에 유명해서 자네도 결과를 알고 있을 것이네. 그들은 이틀에 걸쳐 진검 대결을 펼쳤고, 결국 여불청의 미미한 우세 속에서 무승부로 마쳤다고 하지. 하나, 그것은 강호에 알려진 이야기일 뿐 숨겨진 사실은 따로 있네."

"하면, 다른 결과가 있다는 겁니까?"

"그날 매불립은 여불청의 백초지적이 되지 못했네. 여불청은 승부를 일찍 끝마칠 수 있음에도 그렇게 하지 않고 이틀 동안 그냥 승부를 즐겼지. 한마디로 여불청이 매불립을 가지고 놀았다는 거야."

이능은 당시 그 승부를 주관했던 일곱 무림인 중의 한 사람이었다. 그러기에 이능의 주장에는 공신력이 있었다.

"매불립도 그 사실을 잘 알고 있었지. 그래서 그 모멸감과 수치감을 씻고자 후에 악인권의 유혹에 빠져들었던 거네."

정파인으로서 강직함의 표본 같았던 매불립이다. 이능의 말이 사실이라면 악인권에 물든 매불립의 무림 인생이 그나마 이해가 된다.

이능의 주장에서 남은 문제는 시공결이 과연 어느 시점에서 이루어졌느냐는 것이다.

"지금 시공결에 관해 생각하고 있지? 그렇다면 방금 내가 했던 이야기는 머리에서 전부 지우게. 장강 대결에 관한 실체적 진실은 이제부터이네."

"……."

"매불립과 여불청의 장강 대결에서 진짜 승리자는 매불립이네. 매불립은 천 초 승부 끝에 천수검으로 여불청의 두 다리를 잘라냈지. 매불립은 그 후 정파의 총수로 올라섰고, 여불청은 불구가 된 것도 모자라 사파인의 명예를 실추시켰다며 사파 무림에서 비정하게 축출되었지. 여불청은 하루아침에 몰락한 자신의 신세를 인정할 수가 없었지. 그래서 재기에 몸부림쳤고, 그러다가 결국 자신의 아들에게 구원을 요청했네."

"아들?"

"그 당시 강호에는 세상을 매일같이 떠들썩하게 하던 세 명의 천재가 있었네. 나이와 신분이 각각 다른 천재였는데 여불청의 아들은 그중에서도 단연 뛰어난 천재였네. 여불청은 그 아들 앞에서 피눈물을 쏟아내며 자신의 운명을 바꿔달라고 호소했지."

"그러니까 그 아들이 시공결을 성취했다는 겁니까?"

"정확히는 성취가 아닌 연공을 하고 있었지. 반선에 가까웠던 아들은 처음에는 완강히 거부했지만 자해까지 하며 요구하는 아비의 청을 결국 들어줄 수밖에 없었네. 아들 역시 시공결을 시험해 보고 싶은 심마에 빠져들었다고 할 수 있지. 아무튼 그렇게 시공결이 발휘되었고, 그때부터 장강 대결의 승자가 뒤바뀐 세상이 시작되었네."

이능이 그 정도에서 이야기를 멈추고 그의 반응을 살폈다.

이때 그는 불편한 기색을 보이고 있었다. 이능의 앞이었기에 감정 표현을 자제했지, 다른 대상이었다면 황당무계한 심정을 바로 입으로 표현했을 것이다.

"자네는 내 말을 믿지 않는군."

"입장을 바꿔서 당주님께서 저라면 그 말을 믿겠습니까? 백 번 양보해 시공결로 세상이 바뀌었다고 한들 하나의 시간으로 흘러가는 세상 속에서 누가 그것에 대해 알 수 있겠습니까?"

그의 반박은 타당하다. 시공결을 이룬 시점을 기준으로 전부가 다 바뀌었는데 매불립이 승리한 이전의 세상을 어디에서 찾을 수 있다는 것인가. 찾는다면 그건 공상이요, 망상이 될 뿐이다.

이능은 그의 반박에 이야기의 논제를 인물의 이름으로 돌려서 말했다.

"시공결을 발휘한 그 아들의 이름은 불휘, 여불휘라네. 자네는 그 이름을 들어본 적이 있는가?"

"네? 누, 누구라고요?"

그는 그만 깜짝 놀랐다.

여불휘라는 이름이 왜 여기서 거론되는가.

그것은 그의 형이 재회의 약속으로 남긴 비밀의 이름이 아닌가.

"몽환영의 방식만으로는 안 된다. 다른 무엇이 있어야 한다. 불가공법 중에는 인세의 순리를 깨는 비밀의 법이 있다. 나는 그 법을 깨우치고자 세상의 끝에서 수도 중인 이인(異人)에 대해 알고 있다. 그 사람은 이미 반선의 경지에 다다랐기에 몽환영의 일반적 수단으로는 내가 원하는 바를 이루어낼 수 없다. 유일한 수단은 꿈속의 꿈……."

"강호로 나가면 내 의식이 담긴 몽화(夢花)의 법체를 찾아라. 그런 후에 세상의 끝으로 가서 여불휘(呂彿輝)를 만나 몽환의 존재를 자각시켜라. 그리하면 너는 나와 다시 만날 수 있게……."

이능은 충격에 빠진 그의 모습을 즐기듯 바라보며 말했다.
"어떻게 할까. 시공결은 공상으로 치부하고 이쯤에서 그만 이야기를 마칠까?"
그는 즉각적으로 고개를 저었다.
"아니요. 계속하십시오. 저는 끝까지 들어야겠습니다."
이능이 미소를 살짝 비치며 말을 이었다.
"조금 전에 말했듯 여불휘는 그때 시공결을 성취하지 못한 상태였네. 시공결을 이루자면 과거와 미래의 시공을 연결해주는 매개체, 즉, 시월체(時越體)가 필요한데 그것을 만들어낼 능력이 되지 않았던 거네. 그래서 여불휘는 자신의 모자라는 능력을 시월체 자체의 신력에 맡기는 편법을 사용하여 시공결을 이루었네. 시대의 흐름에 영향을 끼치는 시월체는 사용하면 안 된다는 시공결의 법칙을 정면으로 위배한 거지."

"여불휘가 어떤 시월체를 사용했는데요."

"화룡."

"화룡도와 관련된 화룡입니까?"

"그러하네, 군자성이 용문에서 발견했던 바로 그 화룡이지."

그는 이능의 이야기에 깊이 빠져들었다. 공상 같았던 이야기가 점점 현실적 사안에 얽혀들고 있었다.

"화룡이 어떤 방식으로 여불청과 연결되어 장강 대결의 결과를 바꾸었는지는 여불휘와 여불청 자신 외에 아무도 알 수 없네. 여불청은 장강 대결에서 이전에 볼 수 없었던 불의 검법을 사용했는데 나는 그 검법을 화룡이 전해준 화룡도법이라고 추정하고 있네. 물론 내가 말하려는 심각한 문제는 그 이후부터이네."

"어떤 문제인데요?"

"화룡은 인간사에 출현하면 안 되는 파괴와 저주의 영물이네. 일만 년의 세월 끝에 화룡도를 만들어내고 용암 속으로 사라지는 것이 화룡의 타고난 운명이지만, 만약 화룡이 중간에 자각을 해버린다면 용암에 빠져 죽는 것을 거부하고 세상으로 나와 인간의 문명을 불태워 버리는 절대 악룡이 된다네. 여기까지가 상고(上古) 신화에 기록된 화룡에 관한 설인데, 여불휘가 화룡을 시월체로 만드는 과정에서 그만 화룡이 자각을 해버렸네."

"그래서요?"

"자각한 화룡은 장강 대결에서 끝나야 할 시공결의 시점을 화룡도가 완성되는 이십삼 년 후의 시대까지 연장시켰네. 화룡은 시공결로 뒤틀린 시간 속에서 무림의 미래를 보았네. 여불청 또한 화룡의 눈을 통해 그 시대를 보았지. 그 시점이 임박해진 지금, 여불청은 시월체에 혼이 종속되어 화룡과 자신의 운명을 동일시하고 있네. 화룡도가 완성되면 그땐 아마도 화룡의 화신으로 변해 세상을 파멸시키고자 할 걸세."

"휴우."

그는 이능의 말에 막막한 한숨을 흘려냈다. 불신을 하고 싶지만 여불휘의 이름이 거론된 점에서 보듯 이능의 이야기는 그의 삶과 너무 긴밀히 이어져 있었다.

"여불휘는 그 후에 어떻게 되었습니까?"

"여불휘는 편법으로 이룬 시공결이 초래하는 결과에 대해 처음엔 잘 인지하지 못했네. 그러다가 뒤늦게 여불청의 행동에서 무언가가 잘못되었음을 알고 화룡이 연장시킨 시공결의 미래 시점에 대해 알아보았지. 그리곤 너무도 끔찍한 미래의 모습에 충격을 받아 그만 백치가 되어버렸네. 자신의 잘못으로 세상이 파멸되는 것을 견디지 못해 스스로 두뇌에 상처를 입혔다고 봐야겠지."

"대체 어떤 미래인데요?"

"세상이 불타는 화염지옥. 문명은 사라지고 인간은 멸종되지."

"……."

그는 말문이 막혔다. 이능의 이야기가 공상이 아니라면 파멸의 시점은 이제 한 달도 채 남지 않았다.

"그게 사실이라면 내게 청부를 할 것이 아니라 지금 당장 전 무림이 합심하여 사중천주를 막아야 하지 않겠습니까? 다른 사람이라면 몰라도 당주님은 그렇게 할 수 있으리라 여겨집니다."

일반적으로는 그의 주장이 맞다. 이능의 능력이라면 능히 무림인들을 설득시켜 거국적으로 힘을 모을 수 있다. 하지만 그의 이 주장에 이능은 힘없이 고개를 저을 뿐이었다.

"예정된 미래이네. 화룡은 미래를 보았기에 화룡도와 관련된 지금 시대의 위험 요소를 다 알고 미리 예방 조치하고 있네. 그런 상황에서는 내가 아무리 발악을 한들 시대의 운명을 바꿀 수가 없네."

"불변하는 미래라면 왜 내게 청부했습니까?"

"그건 자네만이 화룡이 보았던 미래를 깨뜨릴 수 있기 때문이네."

"왜죠? 무력이라곤 기껏해야 능광검을 소유한 것이 전부인데 내 무엇이 그렇게 특별하다는 겁니까?"

"화룡의 눈으로 본 미래에서 자네는 존재하지 않는 사람일세."

"그게 무슨?"

그의 멍한 반문에 이능은 말을 멈추고 그를 진지하게 응시했다.

"어떤가? 지금까지 내가 이야기해 준 미래와 자네가 본 미래는 많이 다르지 않은가?"

"아!"

뜻밖의 말.

이능의 말이 그의 뇌리를 관통한다. 그러고 보면 미래를 본 것은 사중천주만이 아니다. 그 역시 이추수가 보낸 전서를 통해 무림의 미래를 보았다.

하지만 그가 알고 있는 미래는 화염에 불타는 지옥 세상과 거리가 멀었다. 전쟁은 끝나고 무림맹이 결성된다. 송태원은 무림맹주에 등극하고 백리문은 천하제일검사가 된다. 그건 지금의 무림과 별로 다르지 않은 정상적으로 흘러가는 무림 세계이다.

무엇이 진실이고 어떤 미래가 진짜인가?

그는 뭐가 뭔지 알 수 없는 심정으로 이능의 다음 말에 귀를 기울였다.

"이야기 초반에 내가 시공결이 현세에 출현했다고 했지? 정확히 말하면 시공결은 현 시대에 두 번 시전되었네. 한 번은 사중천주가 바뀐 운명의 시월인이 되었고, 다른 한 번은 바로 자네가 그 주인공이네."

"그 말은?"

"자네도 시월인이라는 거지."

"아!"

시공결에 의해 바뀐 운명의 소유자, 시월인.

그 한마디에 이제까지 그의 삶 주변에서 일어났던 의문의 과정들이 한꺼번에 이해되었다.

유월은 시월체이고 이추수는 시공결이 보여준 그의 미래이다. 의심의 여지는 없다. 시공결로 진행된 사중천주의 생과 그의 최근 삶을 비교하면 너무도 일치하는 구석이 많다.

"내 운명이 언제부터 바뀌었다는 겁니까?"

"자네가 사망탑에 들어간 전후로 추정할 뿐, 정확한 시점은 내가 알 수 없지. 자네는 시월체와 교류했으니 지난 기억을 되돌아보면 시공결이 이루어진 시점을 알 수 있을 것이네."

"하면 운명이 바뀌기 전 원래의 내 모습은 어디에 있습니까?"

"이미 지워진 역사이네. 이 세계에서는 어디에서도 찾을 수가 없네."

의문이 있다. 그의 삶에서 시공결이 이루어진 것은 인정하겠지만 왜 하필 그가 대상이란 말인가.

"여불휘가 왜 나의 삶을 두고 시공결을 발휘했습니까? 나는 여불휘와 어떤 일면식도 없습니다."

"자네는 여불휘를 모르지만, 자네 형 담사후는 여불휘에 대해서 아주 잘 알고 있지."

"으음."

원인은 역시 형이다. 돌이켜 보면 그는 원래 사망탑의 살귀가 되어 생을 마치게 되었을 운명이다. 형은 그가 그런 비참한 삶을 살지 않게 하고자 시공을 건너뛰어 그에게 능광검법 해례본이 적힌 편지를 보냈다. 형이 여불휘를 만나지 않았다면 불가능했을 편지 전달이다.

"담사후는 몽환영을 통해 여불휘와 접촉했네. 전신불수였던 자네 형의 상태를 떠나서 제정신을 차린 여불휘와 만나려면 몽환영만이 유일한 방법이지."

"그러니까 형이 백치가 된 여불휘의 꿈속으로 들어가 시공결을 발휘하게 했다는 겁니까?"

"담사후가 여불휘를 어떻게 설득했는지는 나도 모르네. 다만 분명한 것은 자네 형이 여불청의 전철을 밟지 않도록 위험한 요소를 최대한 제거하고 시공결을 이루게 했다는 거네."

생각을 정리할 시간이 필요하다. 그는 의자에서 일어나 연못 앞으로 걸어갔다.

수면을 바라본다. 잔잔한 수면에 형의 얼굴이 그려져 있다.

해가 없으면 달은 빛을 잃는다. 비가 버리지 않으면 강물 또한 마른다. 너는 내게 그러한 해처럼 비처럼 너무나 소중한 존재다.

형이 그에게 남겼던 글이 음성으로 변해서 들려오는 것 같다. 동생의 삶을 얼마나 아꼈으면 형은 시대의 운명을 바꾸는 이단의 법까지 시전하게 하였을까.

"후우."

그는 무거운 숨결을 흘리며 이능을 뒤돌아봤다. 물어볼 말이 있다.

"형과 여불휘는 어떻게 알고 지낸 사이입니까?"

"아까 내가 천하를 놀라게 했던 천재가 세 명 있었다고 이야기했지? 자네 형과 내가 바로 그 나머지 두 사람일세. 자네 형은 그때 십 대의 나이였지만 우리는 신분과 나이 차이를 떠나서 지기처럼 함께 어울리며 공부했지. 세상을 움직이는 법칙을 논하고 신과 인간의 관계에 대해 탐구하던 우리는 뜻한 바가 있어 불가공법에 각각 도전하기로 하였네."

"⋯⋯."

"우리 중 가장 뛰어났던 여불휘는 그때 시공결을 선택했고, 사후는 몽환영을, 그리고 나는 선인창에 도전했네. 신의 권능을 엿본 죄일지 모르겠지만 결과는 자네가 알고 있듯 모두 불행으로 이어졌지. 여불휘는 백치가 되었고 담사후는 전신불수가 되었네. 그리고 나는⋯⋯."

이능은 자신의 신상에 대해서 말을 아꼈다. 느낌으로 이능에게도 안 좋은 결과가 생긴 것 같았다.

이능이 한동안 말을 중단하자 그가 물음을 이었다.

"당주님은 이 모든 사실을 어찌 알게 되었습니까? 혹시 형이 당주님을 찾아간 겁니까?"

"자네를 구하고자 담사후가 여불휘의 꿈속에 침투했다가 그곳에서 여불청과 얽힌 여불휘의 고백을 듣게 되었네. 몽환영이 아니었다면 영원히 감춰졌을 시공결의 비밀이지. 그 후에 담사후는 나의 꿈속으로 들어와 이제까지의 일들을 이야기해 주었네. 참, 담사후가 자네의 삶을 내게 간곡히 부탁하더군."

이능의 꿈속까지 찾아가서 그의 안전을 부탁했던 형이다. 그를 생각하는 형의 마음이 새삼스럽게 느껴진다.

"형은 지금 어디에 있죠?"

"여불휘의 꿈속에 있을 거네. 담사후가 말하길, 여불휘의 꿈속에서 몽환의 대지를 보았다고 하네. 그곳에서는 본체가 소멸되어도 몽환영을 유지할 수 있다고 하더군."

삶의 욕심을 버리자 몽환영의 끝에서 새로운 세상을 접하는구나. 이로써 나는 죽어도 죽은 것이 아니고 살아도 산 것이 아닌 영혼의 몽환영이 되는구나. 나는 이제 영면과도 같은 긴 꿈을 꾼다. 이 꿈은 또 하나의 완전한 세상이다. 내가 너의 꿈에 들어갈 수는 없지만 네가 나의 꿈에 들어오는 것은 가능하다.

쾌활림주를 통해 형도 그런 뜻의 글을 남기며 재회를 할 수 있다고 하였다. 한편으로 그는 이능의 말에서 가슴이 먹먹해지는 심정도 같이 맛보았다. 형이 여불휘의 꿈속에 있다는 것은 곧, 형의 본체가 소멸되었음을 뜻하는 것이다.

"혹시 몽화의 법체가 무엇인지 알고 계십니까?"

"몽환영은 실체와 허체의 경계가 모호해서 시전자 자신도 꿈과 현실을 구분하지 못할 때가 있지. 그래서 본체에 시전자 자신만이 알고 있는 애장품을 두어 꿈과 현실을 가리는데 그게 바로 몽화의 법체이네. 담사후의 본체가 소멸된 지금 상황에서는 그것이 있어야만 몽환의 대지에 있는 담사후와 접촉할 수 있네. 담사후가 생전에 소중히 여겼던 애장품이 무엇인지는 자네가 누구보다 잘 알고 있을 것이라 생각하네."

녹지환(綠指環).

이능의 설명에 그는 형이 언제 어디서든 끼고 있던 녹색의 옥가락지, 녹지환을 떠올렸다. 녹지환은 아버지가 유산으로 형에게 남겨준 것인데 형이 건강했던 시절, 부모의 기일이 되면 형은 그것을 신주 앞에 내려놓고 절을 올릴 정도로 소중하게 다루었었다.

형의 시신을 그가 거두지 못했기에 녹지환이 현재 어디에 있는지는 알 수 없었다. 하지만 재물로서 가치가 상당한 반지이니 형이 죽고 난 후에 누군가가 그것을 가져갔으리라 추정된다. 녹지환을 찾는 것도 이제 그의 삶에 남겨진 중요한 일이라고 할 수 있다.

녹지환에 관한 일은 가슴에 담아두고 그는 이능의 앞으로 걸어갔다. 청부의 내막을 전해 들었으니 이제 청부에 본격적으로 나서야 할 때다.

"사중천주는 어디에 있죠?"

"현재의 위치는 나도 모르네. 다만 화룡도가 완성되는 시기에 맞추어 사중천주가 용문으로 갈 것은 확실하네."

"용문은 어디죠?"

"말로 설명하기보다는 직접 가보는 것이 낫겠지. 내가 길잡이를 보내줄 테니 개봉으로 가서 그들과 같이 용문으로 떠나시게."

"개봉?"

"개봉에서 송태원과 접선하기로 날을 잡았지 않는가?"

그는 떨떠름한 눈으로 이능을 쳐다봤다.

독심당에 앉아서 천 리를 내다본다더니 그게 헛말이 아니다.

"혹시, 송태원에게 화룡도의 정보를 넘겨준 사람이 당주님이십니까?"

"후후, 뭐 그리 궁금한 것이 많은가. 자네와 같이 있으면 내 밑천이 탈탈 털리겠어."

반응으로 보아 이능이 전해준 것이 틀림없다. 천하의 대소사가 이 사람의 손안에서 움직이고 있다. 조순을 머저리라고 부를 자격이 충분히 있다.

"자, 오늘 내가 해줄 말은 여기까지이네. 피차 번거롭게 하지 말고 여기서 그냥 헤어지세. 참, 떠나기 전에 자네의 물건은 가져가게."

이능이 말과 함께 장의자 아래에서 그의 전투 바랑을 꺼냈다.

"자네가 혼절해 있을 때 바랑 안의 내용물을 잠시 살펴보았지. 아비객이 왜 무림 제일의 자객으로 불리는지 그 일곱 가지 살상 무기만 보아도 잘 알겠더군."

이능이 의자에서 일어나 전투 바랑을 그의 어깨에 직접 둘러 메어 주었다. 손길에 정이 담겨 있다. 오늘 처음 만난 사이이지만 기분으로는 오래전부터 알고 지낸 친인척처럼 여겨진다.

"자모총통에 총환이 없더군. 그래서 내가 총환 열두 발을 따로 장전해 두었네."

"고맙습니다. 안 그래도 총환이 남아 있지 않아 자모총을 어찌할까 고심했었습니다."

"그리고 자네의 암기 중에 아주 특별한 것이 하나 있더군. 그게 자네 손에 있으리라곤 내 진짜 상상도 하지 못했네."

이능이 '아주'란 말을 할 정도로 특별한 것이 바랑 안에 있었던가?

그가 고개를 갸웃하자 이능이 무언가를 알아챈 듯 희미하게 웃으며 말했다.

"역시, 자네도 그것에 대해 모르고 있군. 아마 활용법도 모르고 있을걸. 바랑에서 빙룡환을 꺼내보게."

이능의 말에 그는 바랑 안에서 빙룡환을 꺼냈다. 원래는 손목에 차고 있었는데 실신했을 때 유연설이 벗겨 내어 바랑에 담아 놓은 모양이었다.

"그것은 백사단주 사예극의 애병 빙룡환이네. 도검을 제외한 무림병기보 서열 첫째 자리에 당당히 오른 최고의 무기이지."

"이게 일 위라고요?"

"그러하네. 참고로 말해주면 자네가 소유한 구채궁은 이 위이고, 자모총통은 오 위, 적멸기선은 칠 위, 혈선표는 구 위 이네. 무림병기보 십대 무기 중의 다섯 가지가 자네 손에 있다고 할 수 있지."

그는 이능의 설명을 들으며 빙룡환을 오른 손목에 착용했다. 심상치 않은 물건이라고 여기긴 했지만 이것이 구채궁이나 자모총통보다 더 살상력이 강한 무기라고는 생각하지 못했다.

"빙룡환을 착용한 상태에서 다섯 손가락을 활짝 펼쳐 진기를 일으켜 보게."

이능의 말대로 그는 손가락을 펼쳐 진기를 일으켜 보았다.

찰칵!

빙룡환이 손목을 바짝 조이는가 싶더니 백색 면피가 손끝으로 쑥 밀려 나가서 장갑으로 변해 버렸다.

"그건 빙룡갑이네. 빙룡갑을 착용한 그 오른손은 금강불괴와 다름없네. 수화불침에 무엇이든 막을 수 있고 무엇이든 뚫어낼 수 있지. 뿐만 아니라… 일설에 의하면 사예극의 빙룡환은 빙룡의 내단으로 만든 무기라고 하네. 만약 그 말이 헛소리가 아니라면 빙룡갑으로 화룡도를 잡을 수 있네."

"네?"

그는 믿기지 않는 눈으로 빙룡갑을 살펴봤다. 화룡도의 열기를 극복하고자 군자성과 매불립은 수백 명에 이르는 여지아이까지 희생시켰다. 빙룡환을 착용하면 그런 과정도 필요 없다고 하니 놀라지 않을 수가 없었다.

"정말입니까? 이걸로 화룡도를 진짜 잡아낼 수 있습니까?"

"말이 그렇다는 거지, 내가 장담해 줄 사안은 아니네. 뭐, 나라면 그것을 믿고 화룡도를 잡는 어리석은 모험은 하지 않을 걸세. 후후."

이능이 웃으며 말을 마쳤다. 그 웃음에 담긴 의미는 모험은 어디까지나 그의 결단에 달려 있다는 뜻이다.

"오늘 못 해준 이야기는 문서로 남겨 바랑 안에 넣어 두었네. 시간 나면 한번 읽어보시게. 동심맹이 궁마를 청부한 이유, 유연설과 군자성의 관계, 용문을 수호하는 유연설의 종족에 관한 이야기를 전반적으로 적어놓았네."

"네."

그는 빙룡갑을 빙룡환으로 환원시킨 다음 이능을 마주 보고 섰다.

이제 헤어져야 할 때다.

그는 포권으로 인사했고 이능은 그런 그를 자상하게 바라보며 고개를 끄덕였다.

"사중천주가 나를 몹시 견제하는 지금, 사중천에서 나를 지지하는 세력은 삼 할에 지나지 않네. 그러기에 나는 자네를 공식적으로 도와줄 수가 없네. 또한 내가 이번 청부에 적극적으로 나선다면 화룡의 눈에 감지되어 자네의 행보가 의심받게 될 것이네. 그러니 앞으로는 자네의 힘으로 청부를 완수해야 하네."

"무슨 뜻인지 알고 있습니다."

"그렇게 생각해 주니 내가 오히려 고맙네. 끝으로 해주고 싶은 말은 미래는 아직 결정되지 않았다는 거네. 그러니 운명이 바뀌었다고 생각하지 말고 자신의 미래를 개척해 나간다는 각오로 청부에 나서주시게. 나 또한 시공결의 결과에 연연하지 않고 무림의 평화를 위해서 선인으로 위장한 악의 무리와 단호히 맞설 것이네."

"염려하지 않으셔도 됩니다. 청부는 완수될 겁니다. 나의 미래에서 살고 있는 사람들을 위해서라도 내가 할 수 있는 모든 노력을 다할 것입니다."

말을 끝낸 그는 이능에게 목례를 하곤 뒤돌아 걸어갔다.

이능의 음성이 등 뒤에서 들려왔다.

"참, 강호에 전쟁이 벌어졌네. 전면전을 획책하는 동심맹의 수작을 조기에 분쇄하고자 내가 먼저 거병했지만, 전쟁을 일으킨 이면에는 화룡의 눈을 전쟁으로 돌려 자네의 행보를 감추고자 했던 뜻도 있네."

"……."

그는 걸어가던 중에 고개를 저었다. 무림 전쟁은 그가 관여할 사안이 아니었다. 영웅 흉내는 한 번으로 충분하다. 그는 이제부터는 자객으로서 청부 완수에만 집중할 것이다.

한참을 걸어왔다. 이능의 말이 더 이상 들려오지 않을 것이라고 생각했는데 육합전성으로 뇌리를 울려오는 음성이 있었다.

—자네의 삶에 영향을 끼치는 말은 하지 않으려고 했지만, 내 자네를 아끼는 심정으로 망설임 끝에 입을 여네. 자네가 본 미래의 시대와 합치되기 전까진 가급적 누구와도 인연을 맺지 말게. 시월인은 인세의 법을 깨고 시공을 초월한 자. 그 대가로 외롭고 고된 생을 살아가게 되네. 만약 삶이 힘들어 인연을 맺게 되면 그 연을 맺은 자는 비극적인 운명에 처하게 되네. 그래서 여불청도 장강 대결 이후 가족은 물론이요, 그를 진심으로 따르는 지인들까지 모두 불운하게 잃어버리고 말았네. 황개 포구에서 자네의 친구들이 죽은 것도 어쩌면 자네가 그들과 연을 맺었기 때문일지 모르네. 하니, 아무리 삶이 힘들어도 인연을 맺지 말게.

그는 뒤돌아 이능이 있던 곳을 쳐다봤다. 너무 멀리 걸어왔기에 이능의 모습은 보이지 않았다.

"연을 맺으면 안 된다고?"

고단했던 인생.

운명이 바뀐 후에도 그 삶은 여전히 변하지 않고 있다.

어차피 더는 연을 맺을 사람도 없다.

그는 속 편하게 생각하고 다시 앞으로 걸어갔다.

그러던 한순간 그는 가슴이 철렁하는 심정으로 걸음을 멈추었다.

"이추수!"

그녀와 연을 맺었다. 그것도 그의 마음을 고백할 정도로 깊은 연을 맺었다.

시공을 초월해 있는 그녀에게도 시월인의 불행이 전이될까?

확신할 수도 없고 안다고 한들 그가 어떻게 조치해 줄 수도 없다.

제발 그녀에게만큼은 불행한 일이 생기지 않기를 바랄 뿐이다.

끼룩끼룩!

전방에서 유월이 날아온다.

그는 유월을 손에 받아 이추수가 보내온 전서를 펼쳐봤다.

다급히 휘갈긴 글체!

글을 보는 순간 불안감이 엄습한다.

사연 님, 도와주세요. 무림맹의 반란 세력이 안가 내부에 나를 가두고 해치려고 하는데 도움을 청할 사람이 주변에 아무도 없어요. 난 지금 무섭고 두려워요. 당신을 **만나보지** 못하고 이대로 생이 끝나 버릴 것만 같아요!

3장

북문 저자 원격 청부

북문 안가에 몸을 은신한 지 삼 일.

이추수는 정오가 되자 안가를 나갈 생각으로 귀검대를 허리에 둘렀다. 사흘 동안 이곳에 갇혀 외부와 연락이 두절된 생활을 했다. 그녀를 이곳으로 보낸 오정갈은 그동안 방문은 커녕 서신조차 보내지 않았다. 포교의 직감으로 판단해 볼 때 오정갈의 신상에도 안 좋은 일이 발생했다고 여겨진다.

'즙포왕과 연락이 되지 않았어. 이젠 위험하더라도 내가 나가서 확인해야 해.'

그녀는 자신을 뒤쫓는 대상들을 직접 파헤쳐 보기로 결정했다. 한편으로 이런 결심을 왜 진작 하지 않았는지 한심스럽게 느껴졌다. 뭐가 그렇게 두려워 죄인처럼 숨어 지내고 있었던 걸까.

그녀가 머문 안가 내실은 외부 침입을 막고자 육중한 벽면에 이중의 철문으로 설계되어 있다. 유월이 드나들었던 작은 창을 제외한다면 밀실이나 마찬가지인데 미닫이 철문을 열고 내실을 나가면 좁은 통로가 있고, 그 통로 끝에 밖으로 나가는 여닫이 철문이 하나 더 있다.

이추수는 미닫이 철문을 열고 내실을 나와 통로 끝의 여닫이 철문 앞에 자리했다.

그녀가 여닫이 철문의 문고리를 잡으려고 할 때다.

찰칵.

여닫이 철문 바깥에서 무언가가 장착되는 소음이 들려왔다.

오정갈이 온 것인가?

대수롭지 않게 생각하던 그녀는 곧 날 선 얼굴로 여닫이 철문 앞에서 물러섰다.

살기!

오정갈이 아니다. 여닫이 철문 밖에서 최소 열 명은 더 되는 무인의 기가 감지된다.

쿠앙, 우즈즉!

폭발음과 함께 철문이 반파되어 통로 밖으로 떨어져 나갔다.

그와 동시에 칼을 든 무인들이 통로 안으로 쏟아져 들어왔다.

"어딜!"

그녀는 귀검대를 재빨리 풀어 무인들에게 날렸다. 살기를 느꼈을 때 그녀는 대적의 준비를 미리 해놓고 있었다.

파파팟!

"어?"

첫 교전의 순간 그녀는 눈매를 와락 찌푸리며 뒤로 물러섰다.

일급 수준. 쉽게 상대할 무인들이 아니다.

내력이 담긴 그들의 칼질에 귀검대가 단번에 튕겨났다.

"하아!"

무인들이 칼을 무더기로 휘두르며 달려든다.

좁은 통로다.

몸을 피할 곳은 없는 것이나 마찬가지다.

그녀는 벽사검법 벽수절의 초식으로 무인들의 칼날에 정면으로 맞섰다

"크윽!"

일선 무인들이 귀검대에 타격되어 쓰러졌다. 벽사검법이

통했다고 해서 그녀가 마음 놓을 상황은 절대 아니다. 이 순간 이선의 무인들이 바닥에 쓰러진 동료의 등을 밟고 육탄으로 그녀에게 몰려들었다.

등 뒤로는 막힌 공간. 안가를 빠져나갈 길은 하나뿐이다.

그녀는 결단의 심정으로 귀검대에 벽사진기를 주입했다. 귀검대가 칼처럼 날을 꼿꼿이 세운다. 벽사검법 중에서 파괴력으로 일절인 벽도절의 초식. 그녀는 벽도절을 발휘해 무인들의 공격을 뚫고 앞으로 치고 나갔다.

파팟! 파파팟!

"우읍!"

무인들이 공격을 중단하고 허둥댔다. 아니, 무인들이 오히려 그녀의 전진 공격에 속수무책으로 뒷걸음질 쳤다.

"한심한 놈들! 계집 따위에게!"

상황이 이렇게 진행되자 여닫이 철문 밖에서 화난 음성이 들려왔다.

후우우웅!

화난 음성에 이어 무인들의 후방에서 소용돌이 기파가 강력하게 휘몰아쳐 왔다.

콰!

짧은 폭음과 함께 통로가 뒤흔들린다.

그녀는 악문 신음을 흘리며 통로 뒤편으로 비틀비틀 물러났다.

소용돌이 기파를 벽도절로 막아냈기에 이 정도로 끝났지, 대충 방어했다면 육체가 찢겨 나갔을 것이다.

"곱게 데리고 가려고 했더니 스스로 무덤을 파는구나!"

소용돌이 기파를 날린 무인이 그녀를 향해 달려왔다.

칠 척의 금의인.

머리에는 뇌전이 새겨진 금관을 착용하고 있다.

'전륜왕!'

금관 때문에 금의인의 정체는 보는 순간 파악된다.

무림맹의 호법사자 전륜왕 묵자심이다.

'대적할 수 없어!'

싸워서 이길 상대가 아니란 것도 바로 판단된다.

일선(一仙), 이주(二主), 삼제(三帝), 사존(四尊), 오왕(五王).

묵자심은 천하 십오대 고수 중에서 즙포왕과 같은 배열인 무림오왕의 일원이다.

"대항한다면 죽음을 면치 못하리라!"

묵자심이 그녀의 눈앞에 다다라 오른손을 오므려 뻗어냈다.

독수리 발톱 같은 손.

묵자심의 유명한 절학, 대라응금수의 발휘이다.

"핫!"

이추수는 묵자심의 응금수를 귀검대로 돌려 쳤다. 귀검대가 검의 모양에서 허리띠로 변해 묵자심의 오른 손목을 둘둘 감았고, 이어서는 그 상태로 팔을 타고 쭉 올라가 묵자심의 목을 후려쳤다.

파앙! 휘익!

귀검대가 묵자심의 머리 위를 횡 하니 지나갔다. 묵자심이 고개를 뒤로 젖혀 귀검대를 피해낸 것이다.

그녀가 대단한 한수를 보여준 것은 맞지만, 이건 호랑이 수염을 건드린 상황. 이제 그녀가 응징당할 차례다.

"이, 쳐 죽일 년! 감히!"

묵자심이 노한 음성과 함께 조금 전의 소용돌이 장법, 파금장을 날렸다.

정면으로 맞서면 죽음이다.

이추수는 귀검대로 가슴을 보호하고 다급히 물러섰다.

파앙! 파앙! 파앙!

파금장이 세 번 연속으로 그녀의 가슴을 강타했다.

그녀는 파금장에 타격될 때마다 고통의 신음을 토했고, 세 번째 타격에서는 선혈을 왈칵 토해내며 바닥에 나뒹굴었다.

머리가 핑 돌 정도로 고통스럽지만 이대로 머뭇거리면 생을 확보하지 못한다.

바닥을 구른 그녀는 이를 악물고 일어나 통로 끝의 미닫이 철문으로 달려갔다.

"으응? 도주?"

전륜왕이 그녀의 의도를 알아채고 재빨리 따라붙었다.

이 순간 그녀는 전력을 다해 귀검대를 뒤로 돌려 쳤다.

벽사검법 벽회절의 초식!

파아앙!

벽회절의 타격에 전륜왕이 달리던 동작을 일시적으로 멈추었다.

그 순간 그녀는 미닫이 철문을 열고 안가 내실로 뛰어들었다.

텅!

철문이 닫혔다.

안에서만 열 수 있도록 만들어진 철문이다.

물론 그녀가 안심할 상황은 절대 아니다.

안가 내실은 닫힌 공간.

탈출로가 없을뿐더러 미닫이 철문은 그녀를 계속 보호해주지 못한다.

전륜왕과 그 수하들이 철문을 파괴하기까지 걸리는 시간은 최대한 길게 잡아도 반시진에 불과하다.

＊　　　＊　　　＊

안가 내실에 갇혔을 때 이추수는 심신이 몹시 불안정했다.

탈출 방법은 없고 전류왕은 당장이라도 문을 부수고 안으로 들이닥칠 것 같았다. 그래서 유월이 안가 내실의 작은 창으로 날아들었을 때, 그녀는 초조한 심정에 그만 아무 생각 없이 전서를 휘갈겨 적어 보냈다.

하지만 유월이 사라진 후 그녀는 전서를 보낸 것을 크게 후회했다. 시공 건너편에 있는 사람이었다. 그가 그녀의 위기를 안다고 한들 어떻게 도와줄 방법이 없건만 괜한 글을 적어 보내 그 사람의 심기만 어지럽힌 것이다.

그런데 그녀가 전서를 보낸 것은 의미가 없는 일이 아니었다.

평소보다 훨씬 빠르게 답장이 날아왔는데 뜻밖으로 그녀에게 구원이 되는 내용이 적혀 있었다.

추수 님.

안가 내부에 갇혔다고요?

누군가가 추수 님을 해치려고 한다고요?

그렇다면 당황하지 말고 침착하게 대응하세요.

당신에겐 아무 일도 벌어지지 않을 거예요.

내가 당신을 안전하게 지켜줄 거예요.

자, 나를 믿고 일단 심호흡을 하세요.

그런 다음 필기구를 들어 현 상황을 알리는 전서를 다시 작성하세요.

정확한 날짜와 시간, 안가의 위치.

안가의 위치를 잘 모르신다면, 창을 통해 밖을 바라보세요.

크게 구분해서 장안의 어느 구역인가요?

남문 저자? 북문 저자? 동문 저자?

구역이 파악되었으면, 이번엔 시선 방향에서 가장 크게 주목되는 건물을 찾아서 적으세요.

건물을 적을 때 추수 님의 현 위치에서 바라본 그곳까지의 방향과 거리도 같이 적어주세요.

모두 적었나요?

그러면 이제 유월이를 통해 내게 보내주세요.

당신도 알고 있듯 유월이는 똑똑한 녀석이에요. 위급한 상황인 만큼 녀석은 평소보다 더 빨리 움직일 겁니다.

추수 님.

다시 말하지만 두려워하지도 말고 초조해하지도 마세요.

당신에겐 어떤 나쁜 일도 벌어지지 않아요.

내가 당신을 안전하게 지켜준다고 약속해요.

"아!"

전서를 읽어본 그녀는 눈물이 핑 돌았다. 구원의 손길은 둘째치고 전서의 내용에는 그녀를 각별히 여기는 그 사람의 심정이 듬뿍 담겨 있었다.

그녀는 용기를 내어 창으로 다가섰다. 그가 시공 저편에서 그녀를 돌봐주고 있다는 사실을 믿어야 했다. 날짜와 대략적인 장소는 이미 알고 있는 상태다. 그녀는 주목되는 건물을 찾아 창을 통해 밖을 살펴봤다.

동쪽으로 백 보 정도 되는 지점에서 관제 사당이 하나 보인다.

그 너머로는 각종의 건물이 자리한 북문 저자이다.

관제 사당까지 거리를 확인한 그녀는 이제 그에게 보낼 전서를 작성했다.

현재 날짜 : 십일월 이십일 일.

현재 시각 : 미시 초.

안가 구역 : 장안 북문 인근.

상세 위치 : 안가에서 동쪽 방면 백 보 지점에 관제 사당이 하나 있음.

지금 심정 : 난 지금 미치도록 당신이 보고 싶어요.

전서를 간략히 적어 유월이를 날려 보냈다.

그녀의 감정을 담아 구구절절 적었다면 이렇게 빠르게 답장을 보내진 못했을 것이다.

한편으로 전서 끝에 적은 그녀의 심정은 사실 그대로였다. 그녀는 지금 그 사람이 너무나 보고 싶었다. 그가 눈앞에 있었다면 어쩌면 목에 매달려 엉엉 울어버렸을지도 모른다.

유월이가 날아간 지 일각.

그사이에 미닫이 철문 밖에선 몇 번이나 화약 폭발음이 들려왔다. 다행이라면 내실 철문은 외부 철문과 다르게 재질이 백년한철이라 간단하게 파괴가 되지 않고 있다는 것이었다.

끼룩끼룩.

유월이 창을 통해 내실로 들어왔다.

돌아오기까지 한 식경도 채 걸리지 않았다.

화급한 상황이기에 그녀는 전서를 바로 펼쳐봤다.

추수 님.

전서 속에 붙어 있는 황지를 돌돌 말아서 창문에 올려놓고 불을 붙이게요.

황지에는 활연탄의 화약 가루가 발라져 있습니다.

불을 붙이면 연막이 발생하는데 그게 추수 님의 위치를 알리는 이추수는 그가 지시한 대로 황지를 창문에 올려놓고 불을 붙였다.

푸지지지!

황지가 불에 타며 노란색 연기를 분출해 냈다.

그녀는 즉시 구석 벽면의 침상 아래로 몸을 피했다.

우즈즈즉! 쿵!

창문 벽면보다 미닫이 철문이 먼저 파괴됐다.

전륜왕과 무인들이 파괴된 철문을 앞으로 쓰러뜨리고 안가 내실로 몰려 들어왔다.

바로 그때,

쾅!

화탄 폭발음과 함께 창문의 벽면이 통째로 박살 났다.

밖으로 나가는 길이 열리자 그녀는 폭발의 잔해를 뚫고 쏜살같이 뛰쳐나갔다.

전륜왕이 그 모습을 보곤 소리쳤다.

"모두 쫓아! 반드시 저년을 잡아야 해!"

전륜왕과 무인들이 그녀를 뒤쫓아 갈 때 그녀는 관제 사당 방면으로 곧장 내달렸다.

무작정 달리는 행위가 아닌 전서에 적힌 그대로 행동에 나선 것이다.

안가 밖으로 나왔나요?

그렇다면 곧장 관제 사당으로 달려가세요.

사당에 다다랐으면 처마 주변을 잘 살펴보세요.

작은 동종(銅鐘)이 하나 매달려 있을 겁니다.

그것을 힘껏 치세요!

지금!

사당까지 남은 거리 십 보.

이추수는 달려가는 중에 처마를 살펴봤다.

전서의 내용대로 처마에 작은 동종이 하나 매달려 있었다.

그녀는 귀검대를 길게 풀어 동종을 힘껏 때렸다.

뎅! 뎅!

종이 울린다.

그와 동시에 사당 안에서 죽립인들이 와르르 뛰쳐나와 그녀를 추적하는 전륜왕의 수하들을 뒤덮쳤다.

갑자기 벌어진 백주 노상의 집단 전투.

'망월루!'

이추수는 죽립인들의 정체를 어렵지 않게 파악해 냈다. 예전에 악양에서 저들 조직과 충돌해 본 경험이 있기에 망월루 살수들의 복장과 모습은 익히 알고 있었다. 망월루가 그녀를 돕는 연유도 알 것 같았다. 거래 방식은 잘 모르지만 그 사람이 망월루에 청부를 한 것이다. 무려 십오 년 전의 과거에서.

그녀는 전서의 나머지 부분을 떠올렸다,

추수 님, 청부 단체의 무인들이 현장에 나타났나요?

만약 그들이 투입된 후에도 당신을 뒤쫓는 위험한 무인이 있다면, 그땐 즉시 현장을 피해 북문 저자로 달려가세요.

이추수는 관제 사당 전투 현장을 빠르게 돌아봤다.

망월루의 살수들이 전륜왕을 집중 공격하고 있는 가운데 금의인 한 명이 전투 현장을 뚫고 나와 그녀를 향해 무섭게 달려오고 있었다.

전륜왕에게 내상을 당한 상태가 아니라고 해도 그녀 혼자서는 저 금의인을 대적할 수 없다.

야차사자 묵철심.

묵자심의 친동생이자 전륜왕의 대리인과도 같은 특급 무인.

무력은 거의 무림오왕 수준이라고 알려져 있다.

휙!

그녀는 대적을 포기하고 북문 저자 방면으로 달려갔다.

그녀의 등 뒤로는 어느새 묵철심이 이십 보 안쪽까지 따라붙었다.

점점 가까워지는 추격 거리.

파아!

묵철심이 추격 중에 장풍을 날렸다.

"하앗!"

그녀는 장풍에 타격되기 직전 앞구르기 공중회전으로 장풍을 피했고, 회전을 끝낸 다음에는 지체 없이 저자의 행인들 속으로 뛰어들었다.

"쥐새끼 같은 년! 달아날 수 없다!"

묵철심이 노한 음성을 지르며 저자 안으로 같이 뛰어들었다.

월병 좌판, 풍물 좌판 등 노점상의 물품들이 묵철심의 추격 과정에서 와르르 땅바닥으로 쏟아진다.

그녀는 도주 중에 저자의 주루 건물을 면밀히 살폈다.

이 또한 전서의 내용에 따른 행동이다.

저자로 들어왔나요?

그러면 현수막이 입구에 걸린 주루를 찾으세요.

현수막에는 '아비객의 여인!' 이렇게 적혀 있을 겁니다.

찾았나요?

하면 주루 안으로 어서 들어가세요.

현수막이 걸린 주루가 그녀의 눈에 들어왔다.

원본과는 내용이 조금 다르다.

아비객의 여인을 건드리는 자, 친가 구족을 멸하고, 외가 십족을
말살하리라!

그 글을 본 그녀는 위급한 상황임에도 그만 피식 웃고 말았
다.

작성자가 누구인지는 모르겠지만 어쩌면 저렇게도 원본의
글을 무지막지하게 변조할 수 있을까.

주루 안으로 들어왔다.

"하아!"

그녀는 거친 숨결을 달래며 주루 중앙에 멈춰 섰다.

주루는 영업을 임시로 중단한 듯 일반 손님은 없고, 콧수염을 기른 사십 대 중년인만 창가 좌석에 홀로 앉아 있었다.

중년인이 그녀를 보곤 의자에서 일어나 가까이 다가왔다.

처음 보는 사람이기에 그녀는 본능적으로 견제의 눈빛을 보냈다.

중년인은 그녀의 얼굴을 요리조리 쳐다보며 말했다.

"예정된 시각에 정확히 도착했군요. 성함이 이추수 맞습니까?"

"네."

"하면, 당신에게 마가집편장의 최장기연체 배달 물품을 전해주겠습니다. 아! 배달 대금은 선불로 받았으니 별도로 치르지 않아도 됩니다."

그녀는 눈을 동그랗게 뜨고 물었다.

"누구시죠? 저를 아세요?"

중년인은 그녀의 물음에 손을 저었다. 그리곤 배달 가방에서 서신 한 장과 함께 총통 같은 쇠붙이 무기를 꺼냈다.

"설명은 나중에. 일단 이것부터 받으세요."

그녀는 쇠붙이 무기를 받은 다음 서신을 펼쳐봤다.

제가 보낸 물품이 무사히 배달되었나요?

물품은 제가 사용하던 자모총통입니다.

사용법은 간단합니다.

자모총통을 오른손에 들고 왼손으로 총통의 노리쇠를 당겨 고리에 거세요.

그럼 격발 준비가 완료된 겁니다.

장전된 자모총통을 주루 입구로 조준하세요.

당신을 뒤쫓는 무인이 주루로 들어오는가요?

하면 지체 없이 방아쇠를 당기세요.

푸아앙!

묵철심이 주루 안으로 뛰어들어 오는 것과 동시에 한 발의 총성이 울렸다.

"크윽!"

묵철심은 그 즉시 총환에 가슴이 관통되어 주루 구석에 처박혔다.

"어멋!"

자모총통을 쏜 이추수도 결과에 깜짝 놀라는 반응을 보였다.

총환 한 발에 나가떨어진 묵철심.

말로만 들었던 아비이보, 자모총통의 위력을 실감하는 순간이었다.

콧수염 중년인이 주루 구석에 처박힌 묵철심의 모습을 힐끗 쳐다보곤 말했다.

"확실하게 하려면 한 발 더 쏘십시오. 이번에는 놈의 대갈통을 조준해서 완전히 박살을 내세요."

이추수는 자모총통을 묵철심에게 조준해 보고는 총신을 돌렸다. 심정으로야 머리에 총환을 박아주고 싶지만, 그녀를 노린 적들의 의도를 모르는 관계로 아직은 그렇게 극단적으로 나설 수가 없었다. 묵철심의 상태로 보아 어차피 더는 무력을 발휘하지 못한다는 판단도 있었다.

"마음이 너무 곱군요. 그래서야 어디 무림에서 제대로 생활할 수 있겠습니까?"

중년인의 음성이 들려오자 그녀는 뒤로 돌아 중년인을 정면으로 마주 보고 섰다. 물어볼 말이 한두 가지가 아니었다.

"이게 대체 어찌된 일이죠? 당신은 누구죠? 사연 님의 편지를 당신이 어떻게 가지고 있는 거죠?"

다짜고짜 쏟아지는 그녀의 물음에 중년인이 눈살을 찌푸렸다. 그러더니 그녀 못지않게 질문을 와르르 토해냈다.

"오히려 내가 이 일에 대해 더 연유를 알아보고 싶소. 소저는 대체 누구요? 무슨 일을 하기에 무림인들에게 쫓기고 있소? 사연이가 애인이라고 주장했는데 그게 확실한 거요? 사연이와는 대체 언제 만났소? 그동안 어떻게 서로 연락을 했던 거요?"

그녀가 잠시 생각을 정리하곤 대답했다.

"이름은 이추수. 직업은 순찰포교. 사연 님과는 연인 맞아요. 처음 만난 것은 십오 년 전. 연애 방식은 편지. 되었나요? 하면 이제 제 질문에 대답해 주세요."

"끄응!"

중년인이 떨떠름한 숨결을 흘려냈다.

중년인에게는 그녀처럼 정연하게 대답을 할 재주가 없다.

기껏해야 신분을 밝히는 정도이다.

"본인은 역사와 전통을 자랑하는 대륙 최고의 배달 가문, 마가집편장의 장주 마상담이오."

"당신이 마상담?"

그녀는 눈을 반짝거렸다.

마상담이란 인물.

전서에서 거론된 적이 있다. 이름이 워낙에 특이했기에 아직도 그녀의 기억에 남아 있다.

"나를 아시오? 사연이가 내 신상에 대해서 말을 해주었소?"

"조금은 알죠. 한데 그게 중요한 것은 아니고, 지금 어떻게 된 거죠? 당신이 어떻게 사연 님의 전서를 가지고 있죠?"

"그게 그러니까……."

마상담이 머리를 긁적였다.

실은 마상담 역시도 이 순간이 현실이 되리라고는 확신을 하지 못했다.

십오 년 만에 완료된 배달.

집편장 역사상 최장기 배달 시간이 걸린 일이다.

"십오 년 전이었소. 녀석이 느닷없이 집편장으로 날 찾아와서는 이번 배달을 부탁했는데……."

"야, 이 미친놈아! 지금 그걸 말이라고 해? 지금부터 십오 년 후, 십일월 이십일 일, 미시 초에 주루로 뛰어들어 오는 여자에게 이 물품을 전달하라고? 육시랄 놈! 전날에는 수연교에서 막노동을 시켜 전우를 노예처럼 부려 먹더니, 이젠 아주 사람을 바보 취급하고 있어!"

"마상담, 나 지금 장난으로 배달을 부탁하는 게 아니야. 진심이야. 나를 믿고 이번 일을 꼭 처리해 줘."

"야! 진심이든 뭐든 말이 안 되잖아! 십오 년 후에 벌어지는 일을 네가 어찌 알고 있단 말이야?"

"설명은 못해. 그냥 내 말을 믿고 따라줘. 이건 네가 아니라면 절대 처리할 수 없는 일이야."

"그 여자가 대체 누군데? 네가 이 말도 안 되는 짓거리를 반드시 해야 할 만큼 소중한 존재야?"

"응."

"응이라니? 무슨 뜻이야? 구체적으로 관계가 어떻게 돼?"

"연인. 내 인생에서 가장 소중한 사람."

"애인? 정말 네 애인이라고?"

"십오 년이 걸리는 물품 배달도 믿기 힘들었지만, 그것보다 녀석에게 애인이 있다는 그 말이 난 솔직히 더 믿기지 않았소. 내가 알기로 녀석은 여성을 사귈 만큼 여유롭게 살지 못했고 그럴 주제도 아니었소. 한데 오늘 보니……."

마상담이 말을 마치며 이추수의 전신을 감상하듯 쭉 훑어봤다.

그녀는 가볍게 눈을 흘겼다.

"왜 그렇게 보세요? 내가 이상한가요?"

"아, 아니요. 이 소저는 내 예상보다 훨씬 더 어리고, 더 늘씬하고, 더 예쁘게 생겼소. 이런 미인을 우리 몰래 애인으로 두고 있었다니… 나쁜 놈."

그녀는 살포시 미소를 머금었다. 그 사람의 친구 앞에서 처음으로 연인임을 드러낸 자신이다. 기분으로는 주루 어디에

선가 그 사람이 걸어 나올 것만 같다.

"참! 우리 여기서 이러고 있으면 안 돼요."

그녀는 무언가 생각난 듯 긴장된 눈으로 주루 입구를 돌아봤다.

"왜 그러시오?"

"주루 밖에 전륜왕이 있어요. 곧 이곳으로 들어올 거예요."

그녀가 전륜왕을 거론했음에도 마상담은 대수롭지 않게 반응했다.

"난 또 뭐라고. 괜찮으니 저기로 가서 차를 마시면서 사연이에 대해 이야기나 합시다."

그녀는 마상담을 묘한 눈으로 응시했다.

전륜왕을 두려워하지 않을 정도로 감춰진 무력이 있는 존재인가.

하지만 그녀의 눈에 보이는 마상담은 특별히 뛰어난 점이 없는 일반인의 모습이다.

마상담이 창가에 자리를 잡고 앉았다.

그 앞자리에 앉기는 했지만 그녀의 신경은 온통 주루 입구로 향했다.

마상담이 그 모습을 보고는 말했다.

"이 소저, 그렇게 걱정하지 않아도 됩니다. 사연이란 놈은 일을 추진함에 어떤 빈틈도 주지 않습니다. 하물며 자기 애인의 일인데 위험한 요소를 방치해 두겠습니까? 그날 사연이는 물품 배달과 더불어 설계하듯 오늘의 상황을 꼼꼼히 챙겨, 십오 년 후의 무림 청부 단체에 보내는 편지를 내게 건네주었습니다."

그녀의 짐작이 맞다. 망월루에 청부한 이는 바로 그 사람이다.

그녀가 궁금한 것은 마상담이 무엇을 믿기에 이렇게 여유로울 수 있느냐는 점이다.

"이곳에 누가 있나요?"

"당연히 있지요."

"그 사람이 전륜왕을 상대할 만큼 대단한 존재인가요?"

"물론이지요. 야랑의 편지를 받게 되자 그 사람이 직접 현장으로 나왔지요."

"대체 누구?"

그녀가 주루를 다시금 살펴볼 때였다.

주루 입구가 박살 난다 싶더니 전륜왕이 주루로 뛰어들었다,

그녀는 반사적으로 자모총통을 손에 들었다.

"오! 이런!"

주루에 들어선 전륜왕은 실내를 살펴보다 말고 인상을 확

구졌다. 총환에 가슴이 관통된 묵철심의 모습을 본 것이다.

상황 파악은 금방이다. 전륜왕은 그녀를 무섭게 노려보며 말했다.

"네년이 철심이를 이렇게 만든 것이냐?"

"내가 한 게 아니고 이게 그렇게 했지요."

그녀는 자모총통을 전륜왕에게 겨누었다.

전륜왕도 자모총통의 정체를 알고 있는지 바로 대응에 나서지 못했다.

"지금, 그깟 쇠붙이를 믿고 여유를 부리는 것이냐?"

"여유인지 아닌지는 전륜왕께서 직접 확인해 보시기를."

전륜왕이 그녀를 노려보는 자세에서 탁한 숨결을 내쉬었다.

파르르 떨리는 옷깃, 신공 발휘이다.

전륜왕이 그렇게 한 발 정도는 맞아줄 각오를 하고 공격에 나설 때였다.

탁! 탁!

주루 이 층에서 난간을 두들기는 소리가 들려왔다.

"응?"

"누구?"

그녀와 전륜왕이 동시에 이 층 주루를 올려다봤다.

흑의 중년인이 이 층 난간 앞에 서서 전륜왕을 조용히 내려다보고 있었다.

"으음."

좌우 요대에 두 자루의 도끼를 걸어둔 흑의 중년인이다. 흑의인의 모습을 본 전륜왕은 곤혹한 숨결을 흘려냈다. 이추수를 향한 공격은 이제 엄두도 내지 못한다.

유령처럼 출현한 이 사람.

이추수가 낮은 음성으로 마상담에게 물었다.

"누구죠, 저 사람은?"

"달 속에는 망자의 눈물이 흐른다."

"아!"

마상담의 시구 같은 말에 그녀는 중년인이 누구인지 알아냈다.

무림맹주 송태원과 함께 이주(二主)에 오른 대륙 청부 단체의 최고 수장.

망월루주 육산이다.

이 층에서 망월루주의 무거운 음성이 들려왔다.

"묵철심은 아직 살아 있다. 하니 전륜왕은 그를 데리고 그만 돌아가라."

전륜왕이 말했다.

"무림맹의 반도를 잡는 일이오. 망월루가 나설 일이 아니외다."

"청부를 받았으면 완수해야 한다. 망월루의 첫째 법칙이다. 예외는 없다."

"그냥 갈 수 없다면?"

전륜왕의 날 선 반문에 망월루주가 도끼 하나를 손에 들었다.

"무림에 왕들이 너무 많아. 하나 정도는 지워도 문제되지 않을 거야."

"으음."

전륜왕이 망월루주를 노려보곤, 뒤돌아 묵철심을 부축해서 주루를 나갔다.

망월루주가 도끼를 날리면 산목숨 하나가 반드시 끊어진다!

망월루주의 그 명성이 아니었다면 전륜왕이 이렇게 자존심을 꺾으며 물러나는 일은 없었을 것이다.

전륜왕이 주루를 나가자 이추수가 의자에서 일어나 망월루주에게 포권을 건넸다.

"망월루의 도움에 감사드립니다."

망월루주는 난간 앞에 그대로 서서 이추수를 주시하고는 짧은 말을 꺼냈다.

"너무 어리군."

말에 이어 망월루주가 주루 일 층으로 천천히 내려왔다.

일 보, 일 보에 긴장감이 흐를 정도로 존재감이 대단한 망월루주이다.

일 층으로 내려온 망월루주는 이추수 옆자리에 잠시 멈춰 섰다.

"조만간에 망월루로 올라오라. 너에게 물어보고 싶은 말이 참 많다. 올 때 그 옆의 배달부도 같이 데리고 오라."

망월루주는 그 말을 남긴 후에 주루 입구로 걸어갔다.

그런데 이때 마상담이 마시던 찻잔을 거칠게 내려놓고는 투덜댔다.

"저 새끼는 옛날이나 지금이나 분위기 하나로 먹고살고 있어."

"헉!"

마상담의 말에 그녀는 그만 안색이 하얗게 질려 버렸다.

망월루주에게 '저 새끼'라고 했다.

죽고 싶어서 안달 난 자살 희망자가 아니고서는 이런 욕을 하지 못하리라.

그녀의 심정을 아는 듯 망월루주가 주루를 나간 다음 마상담이 씩 웃었다.

"킬킬, 망월루주도 사연이 친구이외다. 뭐, 내 친구이기도 하고. 아, 설명하자면 복잡하니까 여기서는 물어보지 마시오. 조만간에 망월루에 같이 오라고 했으니 그때 가서 우리 허심

탄회하게 서로에 대해 논해봅시다."

망월루주에 관한 이야기를 그 정도에서 끝낸 마상담은 이제 그녀의 향후 일정에 대해 말했다.

"이 소저는 여길 나가면 장안의 대포청으로 거처를 옮기시오. 망월루 인간들이 말하길 오후에 줍포왕이 그곳에 오기로 되어 있다고 하는데 줍포왕과는 잘 아시오?"

"줍포왕이 온다고요?"

"그렇소. 망월루의 정보력을 총동원해서 줍포왕과 연락이 되었다고 하오. 물론 이 모두는 사연이가 망월루주에게 보낸 청부 편지 덕분이오. 사연이는 이 소저의 안전을 최우선적으로 해서 망월루가 움직여 주길 요구했던 거요."

그녀는 마상담의 말을 들으며 그가 보내준 자모총통을 어루만졌다. 시공의 건너편에서 하나부터 열까지 그녀의 안전을 보살펴 준 사람. 오늘따라 유독 그 사람이 더 보고 싶다.

그녀가 그를 그리워하고 있을 때다.

마상담이 그녀의 얼굴을 요모조모 자세히 살펴보고는 물었다.

"한데 이 소저, 올해 나이가 어떻게 되시오? 원체 동안이라서 그런 건지는 모르겠지만 육산의 말처럼 내 눈에도 이 소저가 너무 어리게 보입니다."

갑자기 숙녀 나이는 왜 물어보는가.

그녀는 새치름한 얼굴로 답했다.

"스물네 살인데요."

"응? 스물넷?"

"왜요, 문제 있나요?"

"그게 그러니까 십오 년 전에 처음 만났다고 했으니 계산이……."

마상담이 손가락을 꼽아 무언가를 헤아려 보기 시작했다. 그러더니 어느 순간 벌게진 얼굴로 벌떡 일어나 소리쳤다.

"이런 개썅! 천하에 불한당 같은 새끼! 아무리 여자가 없어도 그렇지, 솜털도 안 벗겨진 여자애를!"

시공을 건너뛴 만남.

담사연과 이추수의 애절한 사연을 모른다면 누구나 마상담 같은 반응을 보이리라.

4장
납치

대포청은 대륙의 포교들을 교육 양성하고 관리하는 곳이다. 무림맹 산하에 있지만 맹주의 직접적인 지시를 받지 않는 독립된 기관이며, 창립 역사 또한 무림맹보다 훨씬 더 오래되었다. 그래서 이곳에서만큼은 포교의 살아 있는 신화, 즙포왕 구중섭이 무림맹주보다 더 막강한 지휘력을 발동한다.

대포청이 위치한 곳은 장안 남문 인근이다. 북문에서 제법 거리가 되지만 이추수가 그곳까지 가는 동안 망월루 무인들이 은밀히 경호했기에 북문 저자 같은 위험한 상황은 벌어지지 않았다.

한편으로 그녀는 대포청으로 향하는 내내 담사연의 행적에 대해 생각했다. 친구들도 그를 애타게 찾고 있거늘 그 사람은 대체 어디로 간 것인가. 살아 있다면 왜 모습을 보이지 않는 걸까.

주루에서 마상담과 헤어질 때 그의 행적을 두고 잠시 이야기를 나누었다.

"사연 님은 지금 어디에 있죠?"

"그건 내가 이 소저에게 묻고 싶은 말이오. 이 소저는 사연이와 언제 마지막으로 만난 거요?"

마상담도 담사연의 실종 사안에 대해서는 잘 모르고 있었다. 그녀는 그때 가슴속으로 스며드는 불안감에 말을 제대로 잇지 못했다. 죽음. 그동안 그녀가 애써 모른 척해 왔던 실종의 이유가 현실적으로 느껴지고 있는 것이다.

그나마 그녀에게 위안이 된다면 담사연의 실종을 바라보는 마상담의 말이었다.

"아비객이 용문에서 죽었다는 말이 떠도는데 이 포교는 그 말에 상심하지 마십시오. 내가 알고 있는 사연이는 그런 곳에서 죽을 팔자가 아닙니다. 녀석은 산자의 무덤이라고 불렸던 신강의 전장에서도 남들보다 두 배, 세 배 더 오래 살아남았습니다. 게다가 애인을 남몰래 두고 있었다면 죽더라도 애인에게 전하는 유언만큼은 확실히 남겼을 인간이지, 그렇게 무책임하게 소리 소문 없이 사라질 놈이 아닙니다. 하니, 상심하고 말고 사연이를 기다려 보십시오. 이 포교와 얽힌 경위는 잘 모르지만 사연이의 흔적을 찾았으니 나도 이제부터는 적극적으로 사연이의 행방을 찾아볼 것입니다."

마상담의 말에 그녀는 불안한 심정을 지워내고 담사연을 만날 그날을 가슴에 담았다.

사실, 그는 그녀에게 죽은 사람이 될 수가 없었다. 그녀는 조금 전에도 전서를 통해 그 사람과 깊은 교감을 나누었다. 그러니 전서가 교류되는 한 그는 그녀의 삶 속에서 같이 살아가고 있는 존재라고 할 수 있었다.

어느덧 대포청에 도착했다.

무림맹에 변고가 발생했기에 중무장한 포교들이 포청 정문에서 외부인의 출입을 통제하고 있었다.

"이 포교, 무사하셔서 다행입니다. 안 그래도 이 포교가 오신다는 소식에 대기하고 있었습니다."

대포청 순검부장이 정문에서 이추수를 맞이했다.

그녀는 순검부장의 안내를 받아 대포청 본관 뒤편의 순찰관사로 들어섰다.

그녀는 관사 안에서 줍포왕을 기다리는 동안 그간의 상황을 나름으로 분석해 봤다.

전륜왕이 무림맹의 반란 세력에 가담했을 정도이니 현 상황은 애초의 예상보다 훨씬 더 심각하다. 이찌면 반란 세력이 무림맹의 통제권을 상당 부분 장악했는지도 모른다. 그러기에 이렇게 노골적으로 반맹 행위에 나서는 것이다.

이런 상황에서 우선적으로 알아내야 할 사안은 반란 세력이 무림맹의 어느 선까지 침투해 있느냐는 것이다.

그녀의 은신 장소는 중정부 안가였다. 그곳의 위치는 중정부에서도 극히 일부의 핵심 인사들만 알고 있었다. 한데도 적들은 안가의 위치를 정확히 알아내어 그녀를 공격했다. 이는 곧 중정부의 실세들도 무림맹 반란 세력에 가담해 있다는 것을 뜻한다.

무림맹 정보 단체의 반란.

사실이라면 이건 정말 큰일이다. 중정부는 무림맹의 눈과 같다. 중정부가 오염이 되었다면 앞으로는 눈을 가린 상태에서 반맹의 세력을 상대해야 한다.

"상황이 이리도 심각한데 이분은 대체 어디로 간 거야. 씨, 내 눈에 보이기만 해봐! 이번엔 정말로 가만두지 않겠어!"

기다리는 시간이 길어지자 이추수는 즙포왕을 원망했다. 혈마 접견에서 보듯 즙포왕은 자신이 나서기 곤란할 때는 그녀를 시종처럼 부려 먹고, 사건 해결의 중요한 시점에서는 항상 그녀를 배제시키고 일을 처리한다. 이젠 그녀도 나이가 찼고, 포교 경험도 제법 된다. 계속 이렇게 무시당할 것 같으면 이참에 독립을 선언한다는 생각마저 들고 있다.

즙포왕을 원망하며 관사에 대기한 지 한 시진.

관사 밖에서 즙포왕의 음성이 들려왔다.

그녀는 소매를 둥둥 걷고 문 앞으로 나섰다.

"대체 나 몰래 어딜 갔다가 오는 거예요! 어?"

그녀의 원래 계획은 즙포왕을 보는 순간 턱수염부터 잡는 것이다.

그런데 즙포왕의 동행자로 인해 그렇게 할 수가 없었다.

"이분은?"

왼쪽 눈에 안대를 착용한 장년인이 즙포왕의 옆에 서 있었다. 태극 문양을 수놓은 도복 차림에 장검을 손에 든 모습. 장년인이 범상치 않은 존재임은 눈을 마주치는 순간 알 수 있었다.

즙포왕이 말했다.

"추수야, 인사부터 드려라. 점창파의 장문인이시다."

"아!"

이추수는 인사에 앞서 탄성부터 흘려냈다.

사존(四尊) 중의 일인, 점창지존 조광생.

밥을 먹을 때도 잠을 잘 때도 항상 검을 손에 들고 있다는 사천제일의 검객.

일설에 의하면 조광생은 측간에서 일을 볼 때도 검을 손에서 놓지 않는다고 한다.

"포교 이추수가 사천의 검존이신 점창지존을 뵈옵니다."

"흐음."

이추수의 포권 인사에 조광생은 가볍게 고개를 끄덕였다.

"즙포왕의 제자가 미모로는 포청에서 첫째간다고 하더니 그게 틀린 말이 아니로다."

해석하기에 따라서 칭찬이 아닐 수도 있다.

얼굴 반반한 것 빼고는 포교로서 내세울 게 없다는 거다.

이추수의 해석도 그러한데, 그래서 그녀는 즙포왕에게 시선을 돌려 조광생 모르게 입을 삐죽였다.

즙포왕이 그 모습을 보고는 바로 수습에 나섰다.

"조 장문인께선 이추수 포교의 검법을 보면 생각이 또 달라질 거요. 내 제자라서 하는 말이 아니라 동년배의 나이에서 우리 이 포교의 적수는 무림에 없을 것이오. 그러니까 이 포교는 미모와 무공을 겸비한 절세의 기재란 거지요. 헛헛헛!"

"흥!"

그녀는 즙포왕을 째려보며 코웃음을 날렸다. 과분한 칭찬을 해대는 그 속셈을 모르지 않는다. 말도 없이 그녀를 혼자 두고 간 것에 대해 응징을 당할까 미리 약을 치고 있다.

손님이 있는 자리이기에 이추수는 일단 최소한의 예의를 갖추어 물었다.

"무림맹에 난리가 났거늘, 선배님께선 대체 어디를 다녀오셨어요? 선배님이 없던 사이에 내가 어떤 꼴을 당했는지 아세요?"

스승이라고 부르지 않은 것은 포교로서 공적인 자리에서는 사제지간을 벗어나야 한다는 즙포왕의 지론 때문이다. 어릴 때부터 그렇게 교육받아 왔기에 그녀도 이젠 선배라는 호칭에 익숙해져 버린 상태다.

"오는 길에 무림맹의 변고에 대해 보고를 받았다. 이번에 이 포교가 고생을 조금 했더구나."

바른대로 자백하면 그나마 정상 참작을 해줄 생각인데 즙포왕은 첫 대답부터 그녀의 기대에서 한참 어긋나고 있다.

"조금이라고요? 후아, 내가 정말 미쳐……."

그녀의 이어지는 말을 즙포왕이 정색한 표정으로 끊었다.

"안가에서 벌어진 사건에 대해서는 잠시 후에 이야기하자. 그보다 우선 네게 설명을 들어야 할 사안이 있다."

그녀는 속 터지는 심정을 꾹꾹 눌러 참고 물었다.

"무슨 설명을 듣고 싶은 건데요?"

"북문의 주루에서 묵철심이 자모총통에 우측 가슴이 관통되었다. 보고서에 의하면 그 자모총통을 네가 쏜 것이라고 하던데 그게 정말인 거냐?"

"네, 내가 쏘았어요. 하지만 그건 정당방위였어요. 묵철심이 그때 나를 해치려고 했다고요."

"묵철심을 쏜 행위에 대해 말하는 것이 아니다. 자모총통을 네가 어떻게 가지고 있는 거냐? 지금 그것을 가지고 있다면 꺼내놓아라."

분위기가 심상치 않다.

그녀는 자모총통을 꺼내 탁자에 올려놓았다.

"흠!"

"으음."

자모총통을 눈앞에서 보게 되자 즙포왕과 조광생이 동시에 긴장된 숨결을 흘려냈다. 조광생 같은 경우엔 이 순간 눈매까지 가늘게 떨었다.

즙포왕이 탁자에 놓인 자모총통을 이리저리 돌려보며 말을 이었다.

"네가 알고 있는지 모르겠지만 자모총통은 오직 세 자루만 만들어졌다. 그중 하나는 칠년전쟁 초기에 파손되어 폐기됐고, 다른 한 자루는 현재 무림맹의 금고에 깊이 보관되어 있다. 네가 꺼내놓은 자모총통은, 그러니까 예전에 아비객으로 불렸던 자객이 사용했던 무기인데 네가 어찌 이것을 가지고 있는 것이냐?"

그녀로선 답하기가 곤란하다. 바른대로 설명한들 믿어줄 일도 없다.

"선물 받은 거예요."

"누구에게?"

"애인, 아니… 말 못해요."

그녀가 바로 대답을 못하고 있자 조광생이 대화에 끼어들었다.

"이 포교, 이 사안은 다른 어떤 것보다 중하다. 어서 사실대로 털어놓으라."

"사실은… 그게 망월루에서… 그러니까 배달부가……."

"어서 답하라니깐! 언제 어디서 누구에게 그 물건을 받았는가!"

이리저리 말을 돌리는 그녀를 조광생이 날 선 어조로 몰아붙였다.

그녀는 조광생의 외눈을 피해 즙포왕을 흘겨봤다. 즙포왕에게 보내는 구원의 신호이다.

이추수와 하루 이틀 생활한 즙포왕이 아니다. 이추수의 표정에서 말하기 곤란한 사정을 눈치챈 그는 재빨리 수습에 나섰다.

"묵철심이 총상을 당한 주루에서 망월루주가 나타났다고 하던데 그게 사실이냐?"

"네."

"그곳에서 자모총통을 건네받았고?"

"네."

줍포왕이 조광생을 돌아보며 말을 이었다.

"망월루주 육산은 아비객과 아주 가까웠던 사이입니다. 그래서 망월루는 창설 이래 아비객의 칠종무기를 집중적으로 매입해 오고 있지요. 이유는 잘 모르지만 망월루주가 이 포교에게 자모총통을 건네준 모양인데 제자는 포교로서 청부 단체에 얽혀 있는 것이 밝히기 곤란해 대답을 망설인 모양입니다."

논리가 선명한 줍포왕의 추정이다. 줍포왕은 이 사안을 확실히 매듭짓는 물음을 이추수에게 던졌다.

"내 말이 맞느냐? 망월루주가 준 것이냐?"

이추수는 줍포왕의 물음에 바로 보조를 맞추었다.

"맞아요! 망월루주가 배달부를 시켜 내게 건네주었어요."

"흐음."

조광생이 의심의 눈길을 그제야 거두었다. 조광생은 그 후에 탁자의 자모총통을 눈짓하며 매우 신경질적인 반응을 보였다.

"이 포교는 내 눈에 안 보이게 저 물건을 치워라. 난 저걸 보기만 해도 십 년 전에 먹은 음식이 뱃속에서 올라온다."

이추수는 영문을 모르지만 줍포왕은 조광생의 이런 반응에 대해 연유를 알고 있는 듯 피식 웃으며 이추수에게 고개를 끄덕였다.

이추수가 자모총통을 침상의 사물함에 넣어두었다.

자모총통에 관한 사안이 그렇게 일단락되자 줍포왕은 탁자 앞의 의자에 착석하곤 그녀가 의문스러워했던 사안에 대해 입을 열었다.

"실은 혈지주 사건이 화음지변과 관련되었다는 네 보고에 맹주와 나는 적잖은 충격을 받았다. 화음지변과 관련된 살인이라면 변태성욕자의 우발적인 범행일 수 없다. 그래서 피해자들의 과거 행적을 은밀히 조사해 보니 그들 모두가 하나의 사건과 깊이 관련된 여인임을 알아냈다. 그래서 맹주는 그것의 진상을 확인해 보고자 신강에서 돌아오자마자 바로 그 사건이 벌어졌던 장소로 떠났다."

이추수도 자리에 착석했다. 그녀는 수사일지를 탁자에 펼쳐놓고 물음을 던졌다.

"피해자들의 신상 정보는 맹주님의 처소에서 흘러나왔어요. 혈지주 사건이 벌어졌을 당시 맹주님이 왜 그것을 몰랐죠?"

"십오 년 전에 벌어진 사건이다. 피해자들은 그 당시 전부 십 대 초반의 여자아이였는데 세월이 흘러 성인이 된 여성이라는 것을 그만 맹주가 잊고 있었다. 맹주는 지금 자신이 부주의했다는 죄책감에 시달리고 있다. 조금만 더 일찍 알았다면 피해자들도, 시원이도 그렇게 희생되지는 않았을 것이다."

이추수는 과감한 물음을 던졌다.

"선배께선 맹주님을 조금도 의심하지 않는군요. 그렇게 확신할 근거가 있나요?"

"물론이다. 맹주는 그 사건에 직접 나섰던 척룡팔인조(斥龍八人組) 중의 한 사람이다. 팔인조의 희생으로 천하가 무사했거늘 어찌 이제 와서 다른 생각을 할 수 있다는 말이냐."

"척룡팔인조? 그게 뭐죠?"

"그건 설명하자면 꽤 복잡하니 다음에 이야기하마. 지금은 이번 사건에 대해서만 집중하도록 하자."

즙포왕의 말에 이추수는 척룡팔인조를 수사일지에 기록만 해두고 대신 다른 물음을 던졌다.

"그러면 선배님은 그동안 어디에 가셨던 거죠?"

"나는 맹주의 요청으로 구인회의 생존자들을 추적해 보고 있었다."

"구인회 그건 또 뭐죠?"

"십오 년 전에 선인으로 위장된 악인들의 비밀 결사체가 있었다. 화음에서 희생된 여자아이들도 알고 보면 그들이 일으킨 범죄이다."

"선인으로 위장된 악인? 정말 나쁜 놈들이군요. 그런 놈들은 모조리 발가벗겨서 저자로 내몰아, 죽을 때까지 돌을 던져 고통을 줘야 해요."

"흠."

그녀의 말을 듣고 있던 조광생이 뜨끔한 반응을 보였다.

물론 그녀는 그 반응을 눈치채지 못한다.

구중섭의 말이 이어진다.

"구인회는 아비객의 손에 거의 제거됐지만, 그럼에도 그중 두 사람만은 끝내 정체가 밝혀지지 않았다. 맹주와 나는 화음 지변과 관련된 작금의 무림맹 사태가 바로 그들과 관련이 있다고 생각한다. 그래서 그들을 찾아내고자 사천으로 가서 조 장문인을 모시고 온 것이다."

"정체가 밝혀지지 않았다고 했는데 점창지존께서는 어떻게 그들을 알 수 있죠?"

"그 당시 점창파 장문인이었던 화연산도 구인회의 일원이었다. 조 장문인께서는 화연산이 구인회에 가입한 과정을 알고 있으니 구인회의 생존자들을 추적할 수 있으리라 본다."

화연산에 관한 글을 그녀가 수사일지에 기록하려고 하자 조광생이 대화에 급히 끼어들었다.

"이 포교는 내 말을 듣기 전에는 화연산의 기록 작성을 잠시 중단하라."

"왜죠?"

"내 사제가 구인회의 일원인 것은 맞지만, 가입 당시 화연산 사제는 구인회의 성격에 대해서 전혀 몰랐다. 사제는 군자성의 인품을 존경했고, 매불립의 바른 영도력을 믿었다. 그건 그때 나도 마찬가지였는데 만약 사제가 그들이 악인권에 물든 악인이었다는 것을 미리 알았다면 구인회에 가입하는 일은 절대 없었을 것이다."

수사일지는 증거로 남아 대포청에 영구 보관된다. 조광생으로서는 점창파의 명성에 누를 끼치는 기록을 남기고 싶지 않은 것이다.

이추수가 조광생의 입장을 고려해서 말했다.

"알겠어요. 장문인의 말씀을 참작해서 기록하죠. 한데 장문인께서는 구인회의 생존자들을 어찌 알아볼 수 있죠? 그들을 만난 적이 있나요?"

"오래전에 점창파에서 구인회합을 가진 적이 있었다. 그때 구인 중 다섯 명의 인물이 가면을 착용했는데 현재까지 신분이 밝혀지지 않은 인물은 부처 가면과 동자 가면을 착용했던 두 사람이다. 얼굴은 모르지만, 그들의 음성과 체형을 나는 분명히 기억하고 있다. 그들이 무림맹에 숨어 있다면 내 눈을 피하지 못할 것이다."

절정고수의 눈썰미는 일반인과 다르다. 조광생의 능력이라면 단정까지는 못하더라도 최소한 의심되는 인물은 추려낼 수 있다. 그러기에 즙포왕도 굳이 사천까지 달려가 조광생을 데리고 왔다.

"자, 오늘은 여기까지 하자. 이 포교도 안가 상황을 겪어 피곤할 터이지만, 여기 계신 장문인께서도 먼 길을 오셨으니 오늘은 일찍 쉬어야 하지 않겠느냐."

이추수가 궁금했던 사안이 설명되었다고 판단되자 즙포왕이 의자에서 일어났다.

그때 이추수가 즙포왕을 잡았다.

"잠깐만요. 중요한 사안이 아직 하나 더 남았어요."

"뭔데?"

"맹주님께서 맹을 비운 것과 선배님이 사천으로 갔던 목적은 알겠는데, 맹 내에 반란이 일어난 현 상황에서 두 분이 그렇게 그 사건에 우선적으로 매달려야만 했던 이유가 설명되지 않았어요. 그 이유란 게 대체 뭐죠?"

"그건… 음……."

즙포왕이 대답을 머뭇거리자 그녀가 먼저 답을 제시했다.

"화룡도와 관련되었기 때문인가요?"

"응? 그걸 네가 어찌 아느냐?"

"실은 선배님이 사천으로 갔을 때, 아귀굴에서 혈마를 접견했어요. 혈마가 그때 혈지주의 범행은 화룡도가 원인이라고 주장했어요. 그 말이 맞나요?"

즙포왕이 무언가를 잠시 생각한 후에 고개를 끄덕였다.

"혈마라면 그게 원인이라는 것을 유추할 수 있었을 터다. 아까 내가 이야기했던 척룡팔인조에 그 혈마도 포함되어 있었으니."

"정말요? 한데 선배님은 그것을 또 어찌 아세요?"

이추수의 물음에 즙포왕은 조광생을 슬쩍 쳐다보고는 대답했다.

"실은 나도 척룡팔인조의 일원으로 용문에 갔었다."

"아!"

뜻밖의 대답에 이추수는 탄성을 흘려냈다.

맹주와 혈마는 그렇다고 쳐도 즙포왕까지 용문 사건에 깊이 개입되어 있으리라고는 정말로 예상하지 못했다.

즙포왕이 결론적으로 말했다.

"네가 화룡도에 대해 알고 있으니 이제 터놓고 말하마. 화룡도의 부활이 확실하다면 이 사안은 무림의 다른 어떤 사건보다 시급히 처리해야 한다. 무림맹의 반란은 맹주가 건재하고 내가 두 눈 뜨고 살아 있는 한 언제라도 진압할 수 있지만, 용문에서 벌어지는 일은 다르다. 화룡도가 부활하는 사건은 무림의 존망이 걸린 일과 다름없다. 그래서 점창파의 장문인께서도 우리와 함께 무림을 지키고자 이번에 점창산에서 내려오셨다."

"흐음."

조광생이 줍포왕의 말에 동의하는 뜻으로 고개를 끄덕였다.

한 번의 잘못된 선택으로 말미암아 십 년 동안이나 봉문을 했던 점창파이다. 재기에는 성공했지만 그때의 과오는 아직 그대로 남아 있다. 조광생은 이번 기회에 그때 잘못 선택했던 것을 씻어낼 각오이다.

"자, 이제 설명이 되었느냐? 장문인과 나는 내일 아침 일찍 용문으로 떠날 예정이다. 참, 이번에는 너도 데리고 갈 생각인데 우리와 같이 갈 의향이 있느냐?"

이추수가 눈을 번쩍 떴다.

"네, 사부님! 저도 그곳에 꼭 가보고 싶어요!"

사부라는 호칭. 정말 오랜만에 들어본다.

줍포왕이 흐뭇한 심정으로 조광생과 함께 관사 입구로 돌아섰다.

"잠깐만요!"

또다시 걸음을 잡는 그녀의 음성.

줍포왕이 흐뭇했던 표정을 지우며 돌아섰다.

"또 뭐? 제발 그만 좀 하자, 이추수!"

다행히 그녀의 이번 질문 대상은 줍포왕이 아닌 조광생이다.

"외람되지만 장문인께 묻고 싶은 말이 있습니다. 제가 감히 물어봐도 될까요?"

조광생이 그녀를 쳐다보고는 수락했다.

"말하라."

"제가 조사한 바로는 예전의 아비객은 자객임에도 무림의 정의를 해치는 청부 살인은 하지 않았습니다. 망월루를 비롯한 무림의 일부 단체에서는 아비객을 자객이 아닌 협객이라고 칭송하기까지 하는데, 장문인이 생각하는 아비객은 어떤 사람입니까?"

"하!"

조광생이 그녀의 물음에 찬바람이 휭 불어댈 정도로 뒤돌아 문을 나갔다.

조광생의 음성은 문을 나간 후에 들려왔다.

"협객? 흥! 원수로다, 원수!"

그 말을 들은 줍포왕이 킥킥대며 조광생을 뒤따라갔다.

"장문인, 같이 갑시다!"

＊　　　＊　　　＊

밤벌레가 울어대는 늦은 밤이다.

이추수는 유월이를 야공으로 날려 보낸 후 침상으로 올라갔다. 잠을 자기 위함이 아니라 침상에 편히 드러누워 조금 전에 받은 전서를 한 번 더 읽어보기 위해서이다.

하하!

마상담이 나를 두고 솜털도 안 벗겨진 여자애를 건드린 불한당이라 말했다고요?

뭐, 마상담의 입장에서 보면 틀린 말도 아니겠지요.

당신은 십오 년 전에 아홉 살 소녀에 불과했을 테니까요.

아무튼 당신이 무사해서 참 다행입니다.

앞으로도 포교 생활을 하시다가 이번과 같은 위험한 상황에 처하면 망설이지 말고 저에게 연락하세요.

당신 옆에 같이 있어 주지 못해 늘 미안한 마음인데 그럴 때라도 당신의 보호막이 되어주는 남자 노릇을 해야 하지 않겠습니까.

추수 님, 당신은 나의 미래와도 같은 소중한 사람입니다.

당신이 존재하지 않는 세상이라면 그건 내게 의미가 없는 미래가 될 겁니다.

그러기에 나는 당신이 살고 있는 미래를 지키기 위해서라면 무슨 일이든 다 할 것입니다.

추신.

추수 님은 힘든 하루를 보내었으니 오늘은 이것으로 전서를 마친 생각입니다.

하니, 오늘밤은 다른 생각 하시지 말고 그냥 푹 주무세요.

"난 하나도 힘들지 않은데……."

전서를 일찍 마친다는 글. 다시 읽어봐도 이추수는 그게 아쉽기만 하다. 그녀의 현 심정이라면 오늘은 밤을 새워 전서를 주고받아도 피곤할 것 같지가 않다.

그녀는 억지로라도 잠을 자볼 요량으로 이불을 머리 위로 덮었다.

하지만, 잠은커녕 뇌리에는 오늘따라 유독 그 사람이 더 떠오르고 있었다. 상상력도 극대화되어 바다 물결이 멀리 내다보이는 해변의 가옥에서 그와 단둘이 있는 장면이 그려지기까지 했다.

바다가 보이는 창가.

그녀는 그의 가슴에 등을 기대어 수평선을 바라보고 있다.

귓가로 그의 나지막한 음성이 들려온다.

―이추수, 넌 나의 미래야.

그녀는 고개를 돌려 그를 올려다본다.

그의 입술이 그녀의 눈앞으로 다가온다.

"후아."

그녀는 이불을 얼굴 아래로 내리곤 달궈진 숨을 내쉬었다.

상상력을 발휘한 것은 좋은데 진도가 너무 나갔다.

하지만 다시 생각해 보니 뭐 크게 잘못된 것도 아니다.

그와 그녀는 성인이다.

현실에서 만난다면 얼마든지 그런 시간을 가질 수 있다.

그녀는 이불을 머리 위로 덮고 중얼댔다.

"이추수, 상상력을 더 발휘해. 이번엔 끝까지 가보는 거야."

인시(寅時).

대포청 관사는 깊은 어둠에 잠겨 있다.

곤한 잠에 빠져 있던 이추수는 문득 감은 눈을 떠올렸다.

향.

방 안에 묘한 향이 감돌고 있다.

이건 뭔가?

그녀는 이런 향초를 방 안에 피운 적이 없지 않은가.

하지만 이 향이 어디서 흘러나오는지는 그녀가 확인할 수 없다.

이불 속의 손가락만 조금 까닥일 수 있을 뿐 그녀의 몸은 움직여지지 않는다.

'아!'

뇌리 속으로 두려움이 엄습한다.

북문 안가의 상황으로 끝이 아니다.

누군가가 그녀의 몸을 집요하게 노리고 있다.

고개조차 움직일 수 없는 지금.

뇌리로 떠오르는 대상은 오직 한 사람.

그녀는 필사적으로 손가락을 움직여 이불 속에 넣어둔 필기구를 손에 잡았다.

'그에게 알려야 해! 알려야……'

5장

탈옥

　조광생은 잠자리에 들어가서도 검을 손에서 놓지 않는다. 단순히 검을 손에 잡고 자는 수준을 넘어서서 언제든지 검을 뽑아 휘두를 수 있도록 침소 주변을 최대한 간결하게 정리해 둔다.

　습격을 염두에 둔 그의 이러한 철저한 대비는 십오 년 전 아비객에게 당했던 일천 리 추격 사건에 기인되어 있다.

　아비객은 일천 리를 추격하는 동안 산길과 도시를 가리지 않고 무차별적으로 습격을 해댔다. 안전한 장소라고 생각했던 목장의 마구간 안까지 뛰어들어 제자들을 해쳤다. 조광생

자신 또한 낙양 저자에서 화연산의 관을 눈앞에 두고 잠시 감정에 취해 있다가 그만 아비객이 쏜 쇠뇌전에 왼쪽 눈을 잃고 말았다.

그 이후로 조광생은 신경증이 있을 정도로 철두철미하게 습격에 대비하는 생활을 해왔다.

오랜 폐관 수련 끝에 이전보다 무공이 더 강해졌고, 또 화연산을 대신해 점창파의 장문인으로서 무림사존에 오른 조광생이다. 이런 그를 두고 대문파의 수장답지 않게 소심한 행동을 한다고 비판하는 말이 떠돌지만 조광생은 남의 말은 일절 상관치 않았다. 오히려 그런 비판을 하는 대상을 만날 때면 주저 없이 이렇게 말해주었다.

"아비객 같은 살수에게 일천 리를 쫓기는 기분이 어떤 건지 아시오? 그건 한마디로 지옥이오. 밥을 먹을 때는 뒤통수가 찜찜하고, 측간에 있을 때는 아래가 불안하지. 만사가 다 두려운 그런 심정을 겪어본 적이 있으시오?"

조광생의 습격 대비는 대포청 관사에 잠자리를 마련한 오늘도 여전했다. 조광생은 창문 아래에 놓인 침상을 방 안 중앙으로 옮겨 놓았고, 그것도 찜찜해 침상 위가 아닌 침상 아래에서 홑이불을 덮고 잠을 청했다.

결과적으로 그의 이런 습격 대비는 오늘 큰 효과를 보았다.

인시 무렵이다.

조광생이 잠든 관사 창문으로 사람의 손 그림자가 드리워진다. 침입이 아닌 저격이다. 창문 사이로 독이 발린 화살촉이 뚫고 나와 침상으로 조준된다.

팟!

독화살이 침상에 깊이 박혔다.

"······!"

그와 동시에 침상 아래의 조광생이 벌떡 일어나 창문을 향해 검을 휘둘렀다.

파앙!

창문이 쪼개지며 다급히 움직이는 발소리가 들려온다.

조광생은 쪼개진 창문을 박차고 나가며 크게 소리쳤다.

"어떤 놈이냐!"

조광생이 소리를 지른 것은 대포청에 암습자가 있음을 알리려는 의도에서이다.

창문 밖으로 나온 조광생은 전방의 대지를 향해 곧장 검을 내리쳤다.

신 멸절검법 일식, 검대지(劍對地)의 발휘.

아비객에게 일천 리를 쫓긴 사건 이후, 조광생의 멸절검법은 진일보됐다. 검폭사, 검폭지 등 파괴력 위주였던 멸절사검식에서 대인 살상력이 극대화된, 빠르고 정확한 초식의 멸절 육검식으로 변화된 것이다.

"크윽!"

암습자는 멸절검법의 위력에 제대로 대응도 못 해보고 허리가 베인 모습으로 땅바닥에 쓰러졌다.

암습자를 처리했기에 보통의 무인 같으면 이 순간 긴장의 끈을 풀었을 것이다.

하지만 조광생은 경계를 전혀 늦추지 않았다.

'암습자는 한 명이 아니라, 둘이었어. 나머지 하나는?'

사방은 온통 어둠.

시선으로는 적을 찾아낼 수 없다.

조광생은 검을 겨눈 자세로 멸청기력을 일으켰다. 멸청기력 역시 아비객에게 일천 리를 쫓긴 후에 그가 감지 기법으로 새로이 만들어낸 무공이다.

'하늘!'

멸청기력에 무언가가 잡힌다.

조광생은 고개를 올려보기에 앞서 검날에 비친 야공의 모습을 보았다.

쿠우우우!

유성체의 직격 같은 인체 덩어리가 그의 머리 위로 떨어지고 있다.

"감히!"

조광생은 검봉을 하늘로 세워 빠르고 강하게 베어냈다.

공간을 선명히 가르는 검기!

멸절검법 이식 검대공(劍對空)의 발휘이다.

츄라라락!

조광생을 직격하던 인영의 신체가 수십 조각의 육질로 잘려 나갔다.

"흐음!"

조광생은 가볍게 두어 걸음 물러나 머리 위로 떨어지는 사체의 파편을 피했다.

암습 상황이 그렇게 끝난 시점에서 조광생의 주변이 환하게 밝아졌다.

대포청의 포교들이 횃불을 들고 모여든 것인데 즙포왕도 그 안에 있었다.

"장문인, 괜찮으신 겁니까?"

즙포왕의 물음에 조광생은 암습 현장 한곳을 돌아봤다.

"본인이야 괜찮지만, 방금 전의 교전으로 인해 부상당했던 암습자 하나를 그만 놓쳐 버렸소."

조광생의 검대지에 신체가 베였던 암습자는 사라진 상태. 암습의 의도를 알려면 암습했던 무인을 사로잡았어야 함이다.

"도주한 그놈은 대포청의 포교들이 추적할 겁니다. 한데 그놈들이 왜 장문인을 노렸을까요? 짐작되는 것이라도 있습니까?"

조광생은 무언가를 잠깐 생각하고는 고개를 저었다.

"나를 노린 것이 아니외다. 자살 공격을 펼칠 만큼 독한 놈들이었지만, 암습자의 무공 수준으로는 애초에 나를 어찌할 수가 없소. 그놈들도 그것을 모르지 않을 터이니 아마 다른 목적을 두고 나를 암습했을 거요."

"다른 목적이라면? 그게… 아!"

즙포왕이 반문하다 말고 눈을 번쩍 떴다.

조광생의 침소 옆방은 이추수가 머물렀던 관사이다.

"이추수! 어디에 있느냐! 관사에서 나왔으면 어서 앞으로 나오너라! 어서!"

즙포왕이 주변을 돌아보며 소리를 거듭 질렀지만 이추수는 모습을 보이지 않았다. 대포청이 온통 소란스러운 상황이거늘 아직도 관사에서 잠을 자고 있다는 것은 말이 안 된다. 즙포왕은 불안한 심정이 되어 이추수의 관사로 달려갔다.

불안한 예감은 현실이다.

이추수는 관사에 없었다. 사체가 발견되지 않았으니 이건 납치라고 할 수 있다.

의문스러운 점은 이추수의 처소에 저항의 흔적이 없다는

것이다. 마치 이추수 스스로 관사를 나간 것처럼 침상 주변은 잠자리 그대로 정돈되어 있었다.

이유는 줍포왕에 이어 관사로 들어선 조광생이 밝혀냈다.

"실내에 극락향이 감지되고 있소이다."

극락향은 잠든 대상의 신체를 수면 상태 그대로 마비시키는 독향이다.

제조법이 아주 까다로워 무림에서 특정 일가만 이것을 사용한다.

"극락향? 하면, 야독제(野毒帝)?"

줍포왕은 이추수를 납치한 자의 정체를 짐작해 냈다.

삼제 중의 일인.

독의 제왕 야독제.

극락향은 바로 그 야독제가 주로 사용해 오던 물건이다.

줍포왕은 관사의 창문 앞으로 걸어가 야공을 돌아보며 소리쳤다.

"야독제! 분명히 새겨들어라! 내 제자의 몸에 털끝 하나라도 상처를 입힌다면 그땐 네놈의 일가친척을 모조리 잡아들여 아귀굴의 죄수들에게 개밥으로 던져줄 것이다!"

줍포왕의 이 말.

화가 난 심정에 그냥 해보는 경고가 아니다.

야독제의 출신은 사천 당문.

이추수에게 문제가 생긴다면 즙포왕은 당가 일족의 씨를 말리는 조치를 할 것이다.

*　　　*　　　*

태화 팔년 십일월 이십이 일 진시(辰時) 마중옥.

오정갈이 아귀굴로 들어와 사십사옥의 죄수, 혈마에게 면담을 청했다.

오정갈은 그동안 부당한 청탁을 했다는 석연치 않은 사안으로 중정부 감찰실에서 조사를 받았다. 오정갈의 감찰 조사가 중단된 것은 오늘 새벽, 이유 불문하고 무조건 오정갈을 업무 복귀시키라는 즙포왕의 특명으로 인해서이다.

현장 복귀한 오정갈은 즙포왕의 긴급한 명을 받았고, 이에 혈마를 만나고자 아귀굴로 들어왔다.

"중정부의 오정갈이다. 얼마 전 이 포교와 함께 인사를 한 적이 있다. 나를 기억하겠는가?"

"……."

오정갈의 말에 혈마는 답하지 않았다. 감옥 구석에서 낮은 숨소리만 들려올 뿐이다.

"내가 이렇게 아침부터 긴급히 찾아온 것은 즙포왕의 명을 받았기 때문이다."

"……."

"즙포왕께서 오늘 오후에 혈마와 접견하길 원하신다. 즙포왕과 만나겠는가?"

감옥 구석에서 굵직한 저음이 들려왔다.

"즙포왕이 누구냐? 뭐하는 놈인데 감히 본좌를 만나려고 하는 것이냐?"

혈마가 물음과 함께 무섭게 노려보자 오정갈은 쫄리는 심정에 당차게 나갔던 이전의 모습을 버리곤 바로 존대어를 사용했다.

"이추수 포교의 스승이십니다."

"스승?"

혈마가 눈을 빛내며 몸을 꿈틀댔다. 감옥 안의 어둠이 출렁이는 것 같다.

"이 포교에게 문제가 생긴 것이냐? 답하라, 어서!"

혈마의 반응이 갑자기 심상치 않아졌다.

오정갈은 자신이 알고 있는 사안을 전부 대답했다.

"오늘 새벽, 이추수 포교가 대포청에서 모종의 집단에 의해 납치됐습니다. 즙포왕은 납치의 이유를 알지 못해 곤혹해하고 있는데, 혹시 혈마께서 이추수 포교에게 화룡도에 관한 숨겨진 비밀을 전해준 것이 아닌가 하는 추정을 하고 있습니다. 그래서 납치범들이 그 비밀을 알아내고자 대포청에 잠입해 이추수 포교를 납치했다는 겁니다."

"흐음."

혈마가 깊은 숨결을 내쉬었다.

숨결조차 위압적이다. 오정갈은 더는 말하지 못하고 혈마가 어떻게 반응하는지 눈치만 살폈다.

츄르르룽!

쇠사슬 소리와 함께 혈마가 벌떡 일어나 감옥 앞으로 다가왔다.

이 순간 오정갈의 솔직한 심정으로는 즙포왕의 명이고 뭐고 당장 도망가고 싶다.

혈마가 말했다.

"오후까지 기다릴 수 없다. 지금 연락해라."

"즙포왕에게 말입니까?"

"제자 하나도 지켜주지 못하는 놈인데 그런 멍청한 놈을 만나서 내가 무슨 이야기를 해. 마중옥의 최고 수장이 누구냐?"

"중정부장이십니다."

"그놈을 만나야겠다. 자리를 주선하라. 당장!"

"그게……."

중정부장과의 독대는 오정갈이 함부로 결정할 수 있는 사안이 아니다.

오정갈이 머뭇거리고 있자 혈마가 면담의 안건을 제시했다.

"중정부장에게 가서 혈마가 화룡도에 관한 비밀을 전해준다고 알려라. 그 비밀을 알게 된다면 혈지주도 어렵지 않게 체포할 수 있을 것이다."

*　　　*　　　*

태화 팔년 십일월 이십이 일 사시(巳時) 중정부.

혈마가 아귀굴 밖으로 나왔다.

신체 금제의 수준은 이추수를 만날 때와 대동소이하다. 혈마의 손목과 발목에는 수갑과 족쇄가 채워졌고, 안면에는 특수하게 제작된 철망 가리개가 착용됐다.

혈마와 중정부장의 접견 장소는 중정부 특별 조사실이다. 혈마와 이추수가 일전에 독대했던 장소도 바로 이곳이다.

그날의 접견과 다른 점이 있다면 조사실 안에서 혈마는 한 번 더 신체 금제를 당했다는 것이다.

혈마는 수갑과 족쇄가 채워진 상태에서 조사실 중앙의 쇠기둥에 선 채 몸이 묶였다. 몸을 묶은 줄은 쇠붙이 가시가 촘촘히 박혀 있는 철금 포승줄. 이 상태라면 혈마는 입을 제외하고는 아무것도 움직이지 못한다고 봐야 했다.

중정부 요원들이 쇠기둥에 묶인 혈마의 상태를 최종적으로 확인한 후에 조사실을 나갔다. 그리고 잠시 후 조사실의 철문이 열리며 관복을 입은 오십 대의 남자가 실내로 들어왔다.

중정부장 마중걸이다.

철망 가리개 속, 혈마의 눈이 번뜩인다.

마중걸이 철문 앞에 서서 말했다.

"중정부장 마중걸이오. 이런 접견은 피차에 불편하니 단도직입으로 묻겠소. 화룡도에 관해서 내게 전할 말이 있다고 하던데, 그게 무엇이오."

혈마는 잠깐 침묵한 후에 입을 열었다.

"거리가 멀다. 가까이 오라."

마중걸이 혈마에게 다가서기를 머뭇댔다.

그 모습을 본 혈마가 놀리듯 말했다.

"수장이란 놈이 담이 그렇게 약해 빠졌느냐? 내가 너를 잡아먹기라도 할 것 같으냐?"

혈마의 말에 마중걸이 입술을 비틀었다.

불편한 기색의 표현.

혈마는 철제 가리개 속의 눈으로 그 모습을 매섭게 관찰했다.

마중걸이 망설인 끝에 혈마에게 천천히 다가섰다.

일 보, 이 보, 삼 보……

마중걸은 혈마와 삼 보 거리를 남겨 두고 멈춰 섰다.

"자, 이 정도면 되었소? 하면 화룡도의 비밀이란 것이 무엇인지 이제 말해주시오."

"……."

살결까지 선명히 확인되는 가까운 거리이건만 혈마는 대답하지 않았다. 마중걸의 얼굴을 녹여 버릴 듯 진하게 주시하고 있을 뿐이다.

혈마가 말은 하지 않고 노려보기만 하자 마중걸이 짜증스러운 반응을 보였다.

"바쁜 사람 불러놓고 뭐하자는 건가? 아귀굴에서 개밥이라도 먹고 싶으면 당장 말을 하시오."

"큭큭."

혈마가 갑자기 키득댔다.

마주 선 중정부장으로서는 놀림 당하는 기분일 터다.

혈마가 말했다.

"네놈에겐 말해줄 수 없다. 난 중정부의 최고 수장에게 화룡도의 비밀을 전한다고 했다."

"그래서 내가 왔지 않소?"

"천만에. 넌 중정부장이란 놈이 아니야."

"……."

혈마의 말에 마중의 몸이 선 자세 그대로 굳었다. 눈동자에는 당황의 빛까지 어린다.

"무슨 헛소리야? 이 인간이 이제 보니 생사람을 잡고자 아귀굴에서 나왔구나. 접견은 끝났어! 그만 아귀굴로 돌아가!"

마중걸이 일방적으로 말을 전하고는 뒤돌아 철문을 향해 걸어갔다.

혈마의 음성이 들려온다.

"재미있군. 중정부장이란 놈이 얼굴에 인피를 붙이고 성형을 했어. 골격까지 축골공의 수법으로 바꾸었어. 내가 아귀굴로 돌아가면 죄수는 물론, 간수 모두에게도 이 사실이 알려질 거야. 그것을 원하는가?"

중정부장의 걸음이 철문 앞에서 멈춰졌다.

혈마의 음성은 계속 들려온다.

"넌 나를 경멸할 뿐이지, 두려워하지 않아. 네 눈을 보면 알 수 있어. 왜 나를 경멸하지? 내가 살인마라서? 천만에. 너의 경멸은 나의 적대감에서 비롯된 거야. 넌 나를 두려워하지도 않으면서 내 앞에 다가서기조차 꺼릴 정도로 나를 싫어하고 있어. 왜지? 왜 그렇게 감정적으로 반응하지? 나를 알고 있다는 건가? 중정부장이 과거에 혈마와 악연이 있었다는 건가? 마중걸이란 놈이 그렇게 대단했던 존재인가?"

"그만! 그 입 좀 닥쳐, 새끼야!"

마중걸이 등을 확 돌려 혈마를 노려봤다.

내면을 건드리는 혈마의 말에 본색을 드러냈다고 할 수 있다.

"살인마 새끼가 아귀굴에 갇혀 살더니 떠버리가 되었구나. 내 오늘 네놈의 입을 찢어 다시는 그 더러운 주둥이를 놀리지 못하게 하겠다!"

마중걸이 다가오려고 하자 혈마가 다시 말했다.

"경고하는데 이제 내 앞에 다가오면 넌 죽어."

"흥! 단전이 파괴되고 사지 근맥이 잘린 병신 주제에 감히 누구 앞에서 공갈을 쳐! 아귀굴에서 죄수들을 물어 죽인 그 더러운 이빨을 믿고 있는 모양인데 내가 이참에 그 이빨마저 확실히 뽑아주마!"

마중걸이 조소를 날리며 혈마 앞으로 성큼성큼 다가섰다.

마중걸과의 거리 오 보.

혈마가 눈빛을 무섭게 번뜩였다.

그와 동시에 혈마의 몸을 쇠기둥에 묶어둔 금쇠 포승줄이 으드득 끊겨 나갔다.

그뿐만이 아니다.

"카아!"

혈마는 수갑과 족쇄에 달린 쇠사슬도 단박에 끊어내곤 앞으로 뛰쳐나가 마중걸의 목을 오른손으로 잡았다.

그 상태에서 혈마는 조사실의 벽면까지 곧장 달려가 마중 걸의 몸을 그대로 벽에 처박았다.

쿠웅!

벽면에 얼마나 드세게 처박았는지 사방의 벽면이 일제히 뒤흔들린다.

"으으."

목이 잡힌 마중걸이 신음성을 흘리며 혈마를 쳐다봤다.

"무, 무공을 회복했구나!"

"십오 년의 세월 동안 놀고먹지는 않았지."

말에 이어 혈마는 마중걸의 목을 잡은 오른손을 더욱 강하 게 조였다.

"누구냐, 넌? 답을 하지 않는다면 네 목이 성하지 못할 것 이다."

엄청난 악력.

보통의 대상이라면 숨 막혀 죽기 이전에 목이 먼저 뜯겨 나 간다.

하지만 마중걸은 이런 상태에서도 위축되지 않았다.

"하! 내가 누구냐고? 아직도 몰라? 진짜 모르는 거야! 이 살 인마 새끼야!"

마중걸의 입에서 가래가 끓는 것 같은 음성이 토해졌다. 음 성에 이어 마중걸의 눈동자에서 사기가 분출되는가 싶더니 이어서는 의복이 마구 부풀어 올랐다.

내기를 응축시켜 폭탄처럼 폭발시키는 무공.

혈마가 마중걸의 목을 잡은 손을 놓고 빠르게 물러섰다.

그 순간,

콰앙!

드센 폭발음과 함께 조사실의 실내 집기가 모조리 박살 났다.

혈마는 기공 폭발의 충격에 실내 중앙까지 휘청휘청 뒷걸음질 쳤다.

싸움은 이제부터 시작이다.

마중걸이 산발이 된 모습으로 혈마에게 달려들었다. 무공초식 같은 것은 없다. 감정을 앞세운 육탄돌격이다.

혈마가 부서진 탁자를 손에 들었다. 그리곤 달려드는 마중걸의 얼굴에 내리 찍었다. 탁자 공격에는 혈마의 내력이 실려 있다. 마중걸의 얼굴이 찢겨 나가며 피가 터져 나왔다.

"카아!"

마중걸도 당하고만 있지 않았다. 마중걸은 탁자에 얼굴이 타격되던 순간 혈마의 허리를 양손으로 잡고 맞은편 벽면으로 돌진했다.

쿵!

이번엔 혈마의 등이 벽면에 드세게 처박혔다. 마중걸의 입상에서 보낸 소금 선에 당한 것의 복수이다.

"혈마, 약해졌군! 이 정도 공격에 숨을 헐떡이는 거냐?"

마중걸이 입을 놀릴 때다.

뻐억!

혈마가 벽면에 등을 붙인 자세에서 머리를 벼락같이 앞으로 내밀었다.

혈마의 얼굴을 가린 철망 가리개가 마중걸의 코에 정통으로 처박혔다.

철망 가리개가 부서질 정도의 위력.

마중걸은 그 충격에 맞은편 벽면까지 비틀비틀 물러났다.

그렇게 대적 거리가 벌어지는 과정에서 혈마와 마중걸이 서로의 얼굴을 쳐다봤다.

"어?"

무엇을 보았는지 마중걸이 그만 눈살을 와락 찌푸렸다.

그 순간 번쩍이는 무언가가 마중걸의 얼굴 앞으로 휘몰아쳤다.

혈마의 기공 발출!

마중걸도 조금 전의 내기탄강을 다시 일으켜 정면으로 맞섰다.

쿠아아앙!

마중걸과 혈마의 무공 격돌에 조사실은 초토화가 되었다.

이번 격돌로 인해 쇠기둥은 물론, 조사실의 육중한 철문까지 걸레처럼 구겨져서 떨어져 나갔다.

"오! 맙소사!"

"부장님! 괜찮으신 겁니까!"

떨어져 나간 철문 밖에서 중정부 무인들이 몰려들어 왔다.

마중걸은 격돌의 충격으로 입구 앞자리에 나자빠져 있는 상태. 마중걸은 자신의 몸을 추스르기에 앞서 조사실 중앙을 다급히 손짓하며 명했다.

"나는 상관하지 말고, 어서 혈마를 죽여라! 놈이 무공을 회복했다!"

"……"

마중걸이 심각하게 소리쳤거늘 수하들은 즉각적으로 움직이지 않았다.

"뭐하고 있는 거냐! 당장 저 살인마를 공격하라니깐!"

"……"

수하들이 여전히 움직이지 않고 있자, 마중걸이 성난 얼굴로 벌떡 일어나 혈마가 있던 자리를 돌아봤다.

"응?"

그곳엔 아무도 없었다. 그뿐만 아니라 난장판이 된 실내 어디에서도 혈마의 모습은 보이지 않았다.

"으으."

마중걸은 구긴 인상으로 곤혹한 숨결을 흘려냈다.

사라진 방법은 모르지만 혈마의 접견 의도와 결과는 확실하다.

탈옥!

아귀굴에서 탈출하기 위해 혈마가 면담을 요청한 것이다.

"무림맹의 전 조직에 특급 비상 경계령을 걸어라! 내단 무인, 외단 무인 가릴 것 없이 전원 혈마를 추적하고, 혈마를 발견하게 된다면 상부 보고 없이 즉시 척살하라!"

혈마에게 떨어진 무조건 척살 명령.

혈마를 죽여야만 하는 마중걸의 속사정을 떠나서 무림맹도 당연히 그렇게 조치해야 한다.

역대 무림 최악의 살인마로 불렸던 혈마.

혈지주가 일으킨 범행은 혈마의 과거 전적에 비교하면 간식거리도 안 된다.

*　　　*　　　*

태화 팔년 십일월 이십이 일 오시(午時) 장안 남문.

그는 장안의 저자를 걷고 있다. 느린 걸음에 행선지는 선명하지 않다. 그냥 발길이 닿는 대로 천천히 움직이고 있다. 조금 전에 한바탕 푸닥거리를 했기에 머리카락은 산발이고 의

복은 온통 찢겨져 있다. 찢겨진 옷 사이로는 거칠게 살아온 삶의 흉터가 배긴 맨살이 드러난다.

저자의 행인들은 그의 이런 모습을 보곤 알아서 길을 피해준다. 부모의 손을 잡고 거리로 나온 어린아이들은 그를 쳐다보기만 해도 겁을 집어먹고 울음을 터뜨린다.

그는 울고 있는 아이 하나를 골라 그 앞으로 다가간다.

"왜, 왜 이러십니까?"

아이의 어머니로 여겨지는 중년 여자가 그의 앞을 막아선다. 그를 두려워하는 표정이 역력하건만 모성애로 그것을 견뎌낸 모양이다.

"……"

그는 여자를 잠시 쳐다보곤 월병을 파는 저자의 노점상 앞으로 발길을 돌린다. 그가 돈도 지불하지 않고 월병 하나를 손에 집자 노점상주가 멈칫한다. 그러나 노점상주의 반응은 그것뿐이다. 그가 깊게 가라앉은 눈빛으로 쳐다보자 노점상주는 고개를 돌려 그의 행위를 모른 척해 버린다.

월병을 손에 든 그는 울고 있는 아이에게 다시 다가간다. 아이는 아직도 겁에 질려 있다. 그는 아이의 눈앞에 쪼그려 앉은 다음 월병을 아이의 손에 건네준다. 아이가 이제 눈물을 그친 얼굴로 그를 쳐다보며 물음을 던진다.

"아저씬 누구예요?"

"나?"

그는 아이의 물음에 바로 대답을 하지 못한다.

나는 누구인가.

나는 그동안 어디에서 무엇을 하고 있었던가.

답을 찾지 못한 그는 아이의 머리를 한 차례 쓰다듬어 주곤 일어나서 다시 저자를 천천히 걸어간다. 저자의 어디에선가 그를 가리켜 누구라고 소리치는 음성이 있다. 그 순간 저자의 행인들은 비명을 지르며 모조리 그의 주변에서 달아난다.

저자의 중앙에 홀로 남은 그는 이 광경을 보며 희미하게 웃는다. 그는 이제 아이의 물음에 답할 수 있다. 물론 그 아이가 듣는다고 해도 제대로 알아들을 대답은 되지 못한다.

"나도 내가 누군지 잘 모르겠어. 어둠 속에서 너무 오래 있었거든."

6장

척룡팔인조

이추수가 안가에 갇혔을 당시 담사연은 낙양에 있었다. 그는 그때 이추수에게 전서를 보낸 후 곧바로 장안으로 달려가서 마상담을 만나 자모총통을 전했고, 그 후 왔던 길을 되돌아 다시 개봉으로 떠났다. 개봉으로 가는 것보다 이추수를 지켜주는 일이 그에게는 더 시급하고 중요했던 것이다.

이 과정에서 이추수의 사건 진행과 그의 상황 대처는 역순으로 이루어졌다.

그는 그녀가 안전하다는 답장을 마가집편장에 당도하기 전에 이미 받았다. 마상담과 대면한 자리에서 그는 자신이 불한당이 아니라고 말했는데 마상담으로서는 당연히 그게 무슨 의미인지 알 수 없었다.

한편으로 그는 마상담을 만났을 때 사무적인 어조와 굳은 안색으로 일관했다. 단원들이 악인권에 몰살되던 장면이 기억에 생생히 남아 있었다. 자신의 잘못으로 그들이 죽었다는 죄책감을 떨쳐 버리지 못하는 한, 그는 마상담과 가벼운 농을 주고받던 예전의 관계로 돌아가지 못할 것이다.

그의 이런 감정 상태는 마가집편장을 나와 개봉으로 향하는 내내 지속됐다.

시월인과 연을 맺는 대상은 삶이 불행해진다고 한다. 가설에 불과하지만 그는 개봉으로 향하는 동안 누구와도 말을 하지 않았고, 심지어는 오가는 행인과 눈빛조차 마주치길 꺼렸다.

사망탑에서 자해를 할 정도로 극심한 외로움을 겪은 담사연이다. 그게 강제적인 감정 유도였다면 시월인의 운명을 알고 난 후로는 그 스스로 강호인의 삶과 그렇게 벽을 쌓고 있다고 봐야 했다.

이전의 그는 이추수와 전서를 교류할 때 가급적 밝고 희망적인 글쓰기를 하였다. 자객의 삶이 아무리 고되어도 그녀에게는 그것을 알려주고 싶지 않았다. 그녀에게만큼은 정상적인 남자로서 기억되기를 바랐다.

미래는 희망적일까?

과연 그는 그녀에게 희망이 되는 남자가 되어줄 수 있을까?

시월인의 운명을 알고 난 지금, 솔직히 그는 그 점에 대해 비관적이었다.

안가 상황을 겪은 그날 밤, 그녀는 이런 답장을 보내왔다.

사연 님.

난, 하나도 힘들지 않아요.

다친 곳도 없고요.

그러나 전서를 일찍 마친다는 그 말은 하지 말아주세요.

우리 오늘은 밤을 새워 이야기해요.

난 지금 당신의 글이 그립고 당신의 마음이 그립고 당신이라는 사람 자체가 그립단 말이에요.

그 전서를 받아 보았을 때 그는 답장을 보내지 않았다. 이추수를 편히 쉬게 해준다는 뜻은 진짜 이유가 아니었다. 시월인의 불행이 그녀에게 전이될지도 모른다는 불안감에 전서를 제대로 적어낼 수가 없었다.

이런 심리 상태로는 밝은 글쓰기가 불가능했다. 그래서 그는 불안감이 해소되기 전까지는 그녀에게 전서를 보내는 것을 자제할 생각이었다.

십일월 이십칠 일 개봉 남문.

송태원과 접선하기로 된 날이다.

접선 시각은 정오. 전란의 분위기가 대륙을 휘도는 탓에 병장기를 소지한 무인들이 남문을 통해 분주히 오가고 있다.

무림의 사정이야 어찌됐든 그 덕분에 남문에 도착한 후로 남들의 주목을 받지 않아 운신하기가 한결 편했다.

남문 성곽에 등을 기대고 서 있길 한 식경, 등짐을 진 장사꾼 두 명이 그를 향해 조심스럽게 다가왔다. 장사꾼 중의 한 명을 본 그는 가볍게 눈매를 찌푸렸다. 첫눈에 바로 송태원임을 알 수 있을 정도로 장사꾼의 변장이 허술했다.

"아! 담 형! 나와 주셨군요."

"……."

그는 대답 대신 송태원과 동행한 중년 장사꾼을 조용히 건너다보았다. 이 사람 또한 변장한 모습인데 어디선가 본 얼굴이었다.

"이분은 일전에 제가 말했던 그 전직 포교관입니다. 화룡도에 관한 정보도 실은 이분께서 알려주었지요. 하면 인사를 하시지요. 이분의 성함은……."

중년인이 송태원의 말을 끊고 직접 나섰다.

"구중섭이라 하오. 안 좋은 기억이겠지만 담 형과 나는 구면입니다. 내가 누구인지 알아보시겠소?"

담사연은 중년인을 진중히 쳐다보곤 고개를 끄덕였다. 중정당에서 고문을 받을 당시 이 중년인을 잠깐 본 적이 있었다. 당시 그를 직접 고문했던 수사관은 마중걸이었고 구중섭은 그 옆방의 책임자였다.

담사연은 송태원에게 시선을 돌려 말했다.

"송 형, 이자는 믿을 수 있는 사람이 아닙니다. 나는 이번 접선에 대해서 생각을 좀 해봐야겠으니 오늘은 일단 여기서 헤어집시다."

말은 정중하지만, 송태원을 보는 그의 눈빛은 날카로웠다. 일을 왜 이렇게 허술하게 처리하느냐란 문책성의 뜻이다.

구중섭이 말했다.

"담 형이 중정당의 수사관이었던 나를 의심하는 것은 당연한 일이외다. 내가 중정당에서 파면된 이유와 그간의 사정을 구구절절 입으로 설명하는 것보다 이걸 보이는 것이 내 신분 증명에 더 효력이 있을 것 같습니다."

말을 마친 구중섭은 명패를 하나 꺼내 담사연에게 건넸다.

척룡 일호 지객.

명패에는 뜻 모를 단어가 적혀 있었다.

담사연이 영문을 모르는 얼굴을 하자 구중섭이 설명을 이었다.

"그건 독심당주께서 담 형에게 남긴 척룡조의 신분 명패입니다. 내 것은 여기 따로 있습니다."

구중섭이 척룡조의 명패를 하나 더 꺼내어 담사연에게 건넸다.

척룡 육호 포객(捕客).

뜻은 잘 모르지만 명패로 인해 구중섭에 관한 의심은 많이 지워진다. 구중섭의 신분 보장을 이능이 해준 것이나 마찬가지인 것이다.

"제 것도 여기 있습니다. 우린 이제부터 같은 조직원이라는 뜻이지요."

송태원이 자신의 명패를 꺼내 그에게 보여주었다. 거기에는 '척룡 칠호 서객(書客)'이라고 적혀 있었다.

담사연은 견제의 기색을 지우고 물었다.

"척룡조의 뜻이 뭐지요?"

송태원이 말했다.

"그건 차차 설명할 테니 일단 여길 벗어나지요. 담 형에게 인사시켜 줄 사람이 있습니다."

인사시켜 줄 사람.

척룡조의 조직원이 더 있다는 뜻이다.

말에 이어 송태원과 구중섭이 남문 안으로 들어갔다. 담사연도 그들을 뒤따라 개봉의 도심으로 들어섰다.

개봉은 칠조고도(七朝古都)의 도시이다. 긴 세월 동안 번창한 도시답게 역사와 전통을 자랑하는 건물이 도심 곳곳에 자리해 있는데 송태원이 담사연을 데리고 간 곳도 고서적과 고서화를 전문으로 취급하는 오래된 서관이었다.

책장이 진열된 서고를 지나 실내 끝에 다다르자 팔선도(八仙圖)가 걸린 벽면이 있었다. 송태원은 그곳 앞에서 잠시 담사연을 돌아본 후에 벽면을 안으로 밀었다. 벽면은 회전문이었고, 그 뒤쪽에는 공간이 제법 확보된 실내 화원이 있었다.

"응!"

화원에 들어선 담사연은 뜻밖의 사람들을 보고는 멈칫했다.

양소와 육산.

악인권에 희생되었다고 여겼던 그들이 산 모습으로 그의 눈앞에 있었다.

그는 떨리는 심정으로 물었다.

"이게 어떻게 된 일이지요? 육산과 대주님이 어찌 이곳에 있는 겁니까?"

양소가 말했다.

"독심당주가 우리의 몸을 치유해 주었지. 오늘의 접선에 대해서도 물론 이야기해 주었고."

"아!"

담사연은 양소의 설명을 들으며 육산의 앞으로 걸어갔다. 육산은 과묵했던 평소 성격답지 않게 눈물을 글썽이고 있었다. 그 심정을 그가 어찌 모르랴. 재회의 감정에는 악인권에 무참히 희생된 단원들을 생각하는 마음이 담겨 있는 것이다.

그는 육산을 부둥켜안고 등을 두들겨 주었다. 이 순간 떠오르는 말은 하나뿐이다.

"육산, 고맙다. 살아 있어 주어서."

"……."

육산은 대답 대신 굵은 눈물만 흘려냈다.

육산과 재회의 감정을 나눈 그는 양소의 앞으로도 다가섰다. 양소 역시도 눈시울을 붉히고 있었다.

양소가 먼저 말했다.

"야랑, 잊지 말자. 구천을 떠도는 단원들의 한을 풀어주지 못하는 한, 우리는 살아도 산 게 아니다."

담사연도 같은 심정이었다. 화룡도의 문제를 떠나 그는 단원들의 죽음에 관련된 악인 무리를 절대로 용서하지 않는다. 암살이든 독살이든 살인 수단을 총동원해서 그들의 목숨을 끊어놓을 것이다.

"전우들과의 재회는 그 정도에서 마쳐 주세요. 현 시각, 동심맹이 개봉 저자로 천기당의 요원들을 투입했다는 정보가 들어왔어요. 우리는 지금 개봉을 떠나야 해요."

화원 구석에서 여인의 음성이 들려왔다.

담사연은 소리 방향으로 돌아서다 말고 다시 한 번 멈칫했다.

이능의 안가에서 그의 몸을 치료해 준, 유연설이었다.

"길잡이란 분이……."

"그래요, 내가 바로 당신들을 용문으로 데려갈 길잡이, 척룡이호 노객(路客) 유연설이에요."

청부 작전의 조직원으로서 유연설도 이번 청부에 투입됐다. 이런 상황에서 그가 첫째로 알아볼 사안은 척룡조의 뜻과 자객, 서객, 포객, 노객을 잇는 그 구성원이다.

"척룡조가 무슨 뜻이지요?"

"글자 그대로 용을 잡는 사람들이란 뜻이에요."

"하면 척룡조는 여기 있는 사람들이 전부입니까?"

"아니요. 척룡조는 팔 인으로 구성되어 있는데 아직 합류하지 않은 조원은 전부 셋이에요. 그들은 현재 태행산 내협곡의 용금천, 용수담(龍水潭)에서 우리가 오기를 기다리고 있어요."

"합류할 사람이 셋이라고요?"

화원 안에는 담사연 자신을 비롯해 양소, 육산, 유연설, 송태원, 구중섭 등 모두 여섯 명이 있다. 유연설의 말처럼 셋이 더 합류한다면 그땐 팔 인조가 아니라 구 인조가 된다.

유연설이 그 점에 관해 설명을 덧붙였다.

"독심당주는 당신의 전우 중에서 한 분만 척룡팔인조에 포함시킨다고 말했어요. 아! 물론 그 선택은 당신의 몫이에요. 용문으로 곧 떠날 예정이니 한 분을 선택해서 화원 뒤편으로 나와주세요."

말을 전한 유연설은 송태원과 구중섭을 데리고 화원 뒤편으로 먼저 향했다.

실내에는 망월단의 생존자들만 남았다.

그는 무거운 침묵 속에서 양소와 육산을 번갈아 돌아봤다. 말을 꺼내기가 힘들 뿐이지, 선택은 어렵지 않았다.

그는 육산의 앞으로 걸어갔다.

"육산, 넌 남아서 해야 할 일이 있어."

"싫어. 나도 갈 거다. 무력으로 안 되면 깡이라도 부려서 끝장을 볼 거다."

용문으로 같이 가려는 육산의 심정을 모르지 않는다. 하지만 그의 선택은 육산이 양소보다 무력이 약하기 때문이 아니다.

"육산, 망월단을 세워달라는 전우들의 외침을 잊었어? 우리 중 누군가가 남아서 그 꿈을 이루어야 한다면 그 주인공은 바로 너야."

양소도 그의 선택을 거들었다.

"야랑의 뜻이 옳아. 조직 관리 능력은 우리 중에서 육산이 최고야. 육산 너는 단원들이 원했던 망월단을 반드시 만들어 낼 거야."

망월단이 거론되자 육산도 더는 거부하지 못했다. 자신의 삶에서 가장 중요한 일이 무엇인지 알고 있는 것이다.

육산이 붉어진 눈으로 말했다.

"알겠어. 내가 남아서 단원들의 꿈을 이루겠어. 하나, 내가 만들 단체는 망월단이 아니야. 우리에게 희망을 주던 망월단은 이미 존재하지 않아. 망자의 눈물이 흐르는 달, 그 단체의 명칭은 망월루가 될 거야."

망월루를 만들려는 육산의 결의가 느껴진다. 그는 육산의 무림 인생에 조금이라도 도움을 주고자 바랑 안에서 능광검법 해례본을 꺼냈다. 그중에서 초식 수련법은 찢어내고 나머지를 육산의 손에 건넸다.

"육산, 이건 능광검법의 요체가 되는 등시심결이야. 수련법이 힘들고 난해하지만 육산의 끈기라면 그것을 이겨내고 성취할 수 있을 거야. 실전 초식은 위험한 점이 많기에 내가 찢어냈어."

등사심결 해례본의 가치에 대해 잘 모르는 육산이다. 하지만 야랑이 준 것이기에 소중히 받아 가슴 안에 넣어 두었다.

이제 헤어져야 할 시점이다.

육산이 말했다.

"야랑, 꼭 살아서 돌아와라. 대주님과 같이."

육산의 말에 그는 피식 웃으며 돌아섰다.

"그건 신강에서 살아 돌아온 독종들에게 할 말이 아니지. 안 그렇습니까, 대주님?"

양소도 웃으며 돌아섰다.

"맞아, 악착같이 살려고 하지 말고 이제 그만 편히 죽어라. 그렇게 말해야 우리답겠지."

그 말을 끝으로 야랑과 양소가 화원을 나갔다.

육산은 그들을 뒤따라 화원 밖으로 나오지 않았다.

전장으로 떠나는 병사는 배웅하지 않는다.

신강 전장의 철칙이다.

화원 뒤편의 공터에는 다섯 필의 흑마가 준비되어 있었다.

유연설과 송태원, 구중섭은 이미 흑마에 올라타 있는 상태다.

야랑과 양소도 말 등에 올라탔다.

태행산 대협곡이란 말만 얼핏 들었을 뿐, 정확한 행선지는 아직 모른다.

"용문은 어디에 있지요."

그의 물음에 유연설이 흑마의 머리를 북방으로 돌리며 답했다.

"태행산 대협곡, 용마총."

*　　　　*　　　　*

유연설은 용문의 구룡족(九龍族) 출신이네. 구룡족은 고대로부터 아홉의 용, 구룡을 섬기며 살아왔는데, 원인은 잘 모르지만 그들은 대대로 장수하며 또한 노화가 아주 느리게 진행된다네.

구룡족은 자신들이 용의 강림을 막아내고 있기에 이 세계가 무사하다고 주장하는데 그들은 원래 세상 속으로 나오면 안 되는 존재일세. 용문 규약에도 구룡족의 강호 활동을 금지한다고 엄격히 명시되어 있지.

세상 속의 외인으로 조용히 살아가던 구룡족에 문제가 생긴 것은 군자성이 젊은 시절, 우연히 용문으로 들어가 그곳 금지구역에서 화룡도와 더불어 악인권을 발견하면서부터이네.

군자성도 그 시절엔 악인이 아니었네. 군자성은 용문에 갇혀 살아가는 구룡족을 안타깝게 여겼고, 그래서 적지 않은 세월 그들과 가까이 지내며 바깥세상의 소식과 문물을 용문에 전해주었네.

하지만 구룡족의 장수 인생을 보며 불사의 삶을 꿈꾼 군자성은 악인권을 남몰래 수련했고, 결국 악인권의 악성에 물들어 구룡족을 무참히 학살하고는 그 자신이 직접 용문의 문주 자리에 올랐네.

생존한 용문 일족은 현재 스무 명이 채 되지 않는데 유연설은 그중에서 신분이 가장 높은 용제녀(龍祭女)이네. 용제녀는 강호의 용어로 풀이하면 용의 신전에 제사를 올리는 무녀라고 할 수 있지.

군자성이 백 세를 넘기고도 무림 활동을 거뜬히 할 수 있었던 것은, 그 유연설의 용혈금침대법을 시술 받아 구룡족의 피와 생체진기를 주기적으로 흡입했기 때문이네.

유연설은 어린 시절, 군자성에게 강제로 몸을 빼앗긴 후 오랫동안 군자성의 하녀이자 부인으로 살아왔는데 그녀에게 다른 인생을 살 선택권은 없었네. 군자성에게 맞설 무력도 없을뿐더러 군자성은 구룡족의 목숨을 담보로 그녀를 끊임없이 협박하고 괴롭혀 왔네.

측성대에서 군자성이 유연설을 청부한 것은, 용혈금침대법의 효능이 다한 시점에서 그녀가 군자성의 실체를 천하에 알리고자 무림인들과 은밀히 접촉하고 있었기 때문이네.

유연설과 은밀히 접촉한 무림인은 물론 나이네. 나는 오래전부터 군자성의 실체를 의심하고 뒷조사를 해오고 있었지. 그 과정에서 용문을 알게 되었고, 또한 그녀가 구룡족 출신임을 알게 되었네.

현재, 그녀는 용문을 해치는 악의 무리들과 맞서 싸운다고 결단을 내린 상태이네. 내가 그녀에게 사중천주와 화룡 사이에 진행된 시공결에 대해 말해주었을 때 소스라치게 놀라더군. 그녀의 주장에 의하면 그녀 역시 화룡과 얽힌 무림의 종말을 보았다고 하네. 시공결을 통한 것은 아니고, 용제녀로서 신의 계시를 보았다고 하는데 내 말을 듣기 전까지는 그것에 대해 확신을 하지 못해 결정을 못 했다고 하더군.

유연설은 이번 청부에서 자네와 더불어 아주 중요한 역할을 할 것이네. 그녀는 용문과 화룡에 관해서 내가 모르는 많은 부분을 알고 있네. 특히 태고 시절에 구룡족이 화룡의 강림을 막은 용문의 비사에 대해서 아주 잘 알고 있네. 고대의 그 사건으로 인해 용문은 절망의 평원과 눈물의 언덕, 분노의 무덤으로 관할 구역이 나누어지게 되었는데 거기에 관한 자세한 설명은 용문으로 가면서 그녀에게 듣도록 하게.

하면, 용문에 관한 사안은 이 정도에서 마치고 궁마 청부에 대해서 간략하게 설명하겠네.

군자성이 궁마를 청부한 이유는 궁마가 구인회의 회원이면서도 실제로는 사중천주의 명을 따랐기 때문이네. 이중 간자였던 궁마의 죽음은 사중천주를 몹시 곤혹하게 하였네. 화룡의 눈을 통해 그가 본 미래에서는 궁마가 살아 있었기 때문이지. 그래서 현재 사중천주는 자네의 실체에 대해서 무언가 의심을 하고 있는데 의심이 확신으로 변하기 전에 용문의 청부를 완수해야 될 것이네. 화룡의 예지 능력으로 사전에 방어 조치를 하면 그땐 어떤 방법으로도 사중천주를 죽일 수가 없게 되네.

조만간 나도 용문으로 갈 것이네.

그곳에서 다시 만나게 되면 우리 함께 이번 청부를 최종적으로 점검해 보는 시간을 가져보세.

참, 자네의 용문 청부를 돕고자 내가 특별한 조직을 하나 만들었네.

화룡의 눈을 피하고자 자네의 삶과 깊이 관련된 사람들로만 조직원을 구성했으니 개봉에 가서 그들을 직접 만나보시게.

참고할 사안은 내가 개별적으로 접촉해 설명과 설득을 했기에 이번 청부의 심각성에 대해서 조직원들이 모두 숙지하고 있다는 것이네. 조직원들이 모르는 것은 사중천주와 화룡 사이에 시공결이 발휘된 것과 자네와 자네 형에 관한 설명이네. 시공결은 워낙에 충격적인 사안이기에 이후로도 그것에 관한 것은 자네와 유연설만이 알고 있도록 하게.

하면 자네의 청부 진행에 무운이 가득하기를 빌며 글을 이만 줄이겠네.

십이월 일 일 용마총 삼십 리 전.

대자연의 위대한 피조물, 태항대협곡은 산서성과 하북성의 경계에 광활히 걸쳐 있다. 용문의 장소로 유연설이 말한 용마총은 그 대협곡 중에서도 암벽의 산세가 가장 웅장한, 용봉회랑 안에 있다.

용봉회랑의 아찔한 절벽 사이에 우뚝 솟은 검은 산.

구룡족은 이곳을 미친 용을 생매장한 분노의 무덤, 용마총이라고 지칭하는데, 용문 사람이 아닌 외지인들은 이곳을 붉은 암석과 검은 토양으로 형성된 산, 흑적산이라고 부른다. 사실, 산의 높이와 규모로 보았을 때, 무덤이라고 부르는 것은 한참 무리가 있다.

척룡팔인조가 용봉회랑 구역으로 들어선 것은 개봉에서 출발한 지 사흘 만이다. 흑적산까지 남은 거리는 대략 삼십 리. 이곳까지는 큰 난관 없이 말을 몰고 달려왔지만 현 시점부터는 흑적산으로 향하는 척룡조의 움직임이 여의치 않다.

사중천과 동심맹은 그동안 용문으로 들어가는 언덕길을 차지하고자 몇 번에 걸쳐 격렬하게 부딪쳤다. 사상자가 오백 명도 넘게 발생한 전투였는데, 현재는 절망의 평원이라고 불리는 흑적산 앞의 평야에 두 진영으로 나뉘어져 일촉즉발의 대치를 하고 있다.

이런 상황에서 척룡조가 무턱대고 절망의 평원으로 들어가면 동심맹과 사중천, 양쪽에서 공격을 받게 된다. 이능이 현장에 있다고 하더라도 그는 공개적으로는 척룡조를 도와줄 수 없는 입장이다.

용문으로 잠입이 순탄치 않으리라는 것은 사전에 예상된 일이다. 길잡이로서 그녀의 선택은 용봉회랑의 벼랑길을 타고 흑적산으로 들어가는 우회노선이다. 척룡조의 나머지 삼인과 만나기로 했던 곳, 용금천도 바로 그 우회노선 속에 있는 장소이다.

용봉회랑 용금천.

용봉회랑의 남쪽 지대를 흐르는 개울이다. 용금천의 발원지라고 할 수 있는 용수담은 천길 절벽에서 떨어지는 폭포에서 고인 물인데, 오래전 아홉의 용이 이곳에 모여서 물놀이를 즐겼다고 하는 우화가 있다.

"뭐지? 이런 곳에서 무슨 아홉의 용이 물놀이를 즐겨?"

척룡조가 용수담에 도착한 후, 송태원은 허탈한 심정을 표현했다.

전해오는 말은 으레 과장되게 마련이다. 용수담에 관한 우화도 그렇다. 절벽에서 떨어지는 폭포는 장관이지만 그 아래의 용수담은 사방 칠팔 장의 크기에 불과할 정도로 규모가 작았다.

"용들이 아니고 뱀들이 모여서 물놀이를 즐긴 모양이지요."

용수담을 둘러본 구중섭도 송태원의 소감에 동의했다.

일행의 심정을 가볍게 해주는 비유지만 구중섭의 이 말에 웃는 조원은 송태원 하나뿐이었다. 유연설은 오랜만에 접한 용수담을 보며 남모를 감상에 젖어 있었고, 담사연과 양소는 주변의 광경에는 그다지 관심이 없는 모습으로 묵묵히 대기만 하고 있었다.

서로 어울리지 못하는 조원들.

실은 이곳까지 오는 동안 분위기가 줄곧 이랬다. 같은 임무에 투입되었지만 그들 사이에는 동지라는 감정이 존재하지 않았다. 송태원과 구중섭이 어색한 분위기를 바꾸어보려고 농도 건네고 격려도 해보았지만 호응은커녕 대답조차 제대로 해주지 않았다.

이런 식으로는 조직 활동을 원활히 할 수 없다. 조원들을 하나로 잇는 구심점이 있어야 한다.

그래서 송태원과 구중섭은 새로이 합류할 조원 셋 중에서 누군가가 그 역할을 해주길 기대하고 있었다.

"유 노객, 척룡조의 나머지 조원들은 어디에 있지요?"

송태원이 유연설에게 물었다.

서로의 이름을 부를 만큼 친분이 형성되지 않았기에 척룡조의 보직을 이름 대신 부르기로 합의해 둔 상태다.

유연설은 송태원을 잠깐 돌아보곤 품속에서 작은 동경을

꺼냈다. 얼굴을 보는 용도가 아니다. 독심당의 정보원들이 장거리 신호를 주고받을 때 사용하는 밀경이라는 물건이다.

유연설이 밀경을 용수담 주변으로 쭉 비췄다. 그러자 용수담의 동쪽과 서쪽에서 또 다른 밀경이 빛을 반사시켰다. 나머지 조원들이 각기 다른 장소에 대기하고 있다는 뜻이다.

잠시 후, 서쪽 바위 뒤편에서 한 사람이 걸어 나왔다.

눈매가 날카로운 오십 대 중반의 메마른 남자다.

"어?"

이 사람의 출현에 이제껏 석상처럼 대기하고 있던 담사연이 그만 깜짝 놀란 모습을 보였다.

"관, 관주님이 어떻게?"

그의 이런 반응은 당연하다. 이 사람은 그를 어린 시절부터 돌봐준 풍월관주 천이적이었다.

천이적이 담사연의 앞으로 걸어와 말했다.

"사연아, 너를 다시 볼 수 있게 되다니 실로 꿈만 같구나."

감정 표현을 잘 하지 않는 담사연이 눈물까지 글썽이며 천이적을 바라봤다. 맹표 형제가 죽고 난 후에 그는 천이적도 생을 마쳤으리라 여겼다. 천이적은 그에게 삶의 은인이자 대부와도 같은 존재다. 그런 사람이 자신 때문에 희생되었다는 생각에 그동안 받은 정신적 고통은 이루 말할 수 없게 깊었다.

재회의 인사는 나중에 해도 된다. 연유를 먼저 알아봐야 한다.

"관주님, 중정당에서 어떻게 탈출을 하신 겁니까? 그리고 여긴 또 어떻게 오시게 된 겁니까."

천이적은 그의 물음에 답하기 전, 척룡조를 먼저 돌아보며 자기소개를 겸한 인사부터 했다.

"앞으로 여러분과 생사고락을 같이할 척룡팔호 암객 천이적이오. 예전에 무림에서 활동할 때는 중정마협이라고 불리었는데 혹시 나를 아시는 분이 있으시오?"

십 년 전에 무림에서 은퇴한 천이적이다. 그를 아는 사람은 중정당 취조실의 악연이 있는 구중섭이 유일하다.

"선배님, 다시 만나게 되어 반갑습니다. 안 그래도 독심당주께서 중정당의 수장 출신이 척룡조에 합류한다고 서신을 보내왔을 때 혹시 선배님이 아닐까 생각했었습니다."

"호오!"

천이적이 구중섭을 쳐다보곤 가볍게 눈살을 찌푸렸다. 중정당에서 보낸 기억이 천이적의 뇌리에 아직 생생히 남아 있다.

"밖에서 보면 자네의 껍질을 벗긴다고 했는데 앞으로 내 앞에서는 행동을 특별히 조심하게. 나는 좋은 기억은 머리에 담지만 나쁜 기억은 혁피조에 담아 두네."

"물론입니다, 선배님. 이 후배, 이후로는 충성을 다해서 선배님을 받들어 모시겠습니다."

천이적은 구중섭과의 대화를 끝으로 조원들과의 인사 과정을 마치곤 다시 담사연을 마주 봤다. 이제 담사연의 물음에 답할 차례이다.

"측성대 저격이 있던 그날, 난 중정당의 감옥에서 빠져나왔다. 복수심에 불타올라 독심당주를 찾아갔고, 그곳에서 뜻밖으로 네 소식을 전해 듣게 되었지. 척룡조 합류는 네 청부에 조금이라도 도움을 주기 위해 내가 자원한 일이다."

척룡조 합류까지의 사연은 대충 알아들었다.

남은 의문은 천이적이 중정당을 어떻게 빠져 나올 수 있었느냐는 점이다.

"독심당주께서 관주님을 탈출시켜 주신 겁니까?"

"아니, 독심당주는 내가 어디에 감금되어 있는지도 몰랐다."

"하면 어떻게 된 일입니까? 조순이 풀어줄 일은 없지 않습니까?"

"그놈은 당연히 아니지. 찢어죽일 놈! 내 언젠가 그 인간의 껍질을 산 채로 벗겨 버릴 것이다."

천이적은 조순에 대한 악감정을 잠시 드러낸 후에 탈출 사정을 밝혔다.

"중정당의 감옥에서 나를 탈출시켜 준 사람은 천기당의 부당주이다. 측성대 청부가 동심맹의 뜻대로 되지 않았으니 그 애의 도움이 아니었다면 나는 벌써 산송장이 되었을 것이다."

"천기당의 부당주라면 소유진을 말씀하시는 겁니까?"

"맞아 그 애가 나를 풀어주었지."

"……."

담사연은 잠시 침묵하며 소유진을 뇌리에 떠올렸다. 소유진이 천이적을 탈출시켰다는 것은 곧 조순을 배신한 행위와 같다. 그로서는 고마운 도움이지만 그녀는 이 일로 인해 조직 내에서 엄중한 처벌을 받게 될 것이다.

생각에 잠긴 그의 모습을 천이적이 묘하게 살펴보며 말을 이었다.

"참, 그녀가 네게 이런 말을 전해주라고 하더군. 맹표 형제와 담사후의 목숨을 지켜주지 못해서 많이 미안했다고… 본의는 아니었다고……."

그 일이 소유진의 뜻이 아님은 그도 잘 알고 있었다.

소유진은 조순의 명을 받는 천기당원 중에 한 명일 뿐이었다. 그래서 그 역시도 복수 대상에 소유진은 포함시키지 않았다.

그가 침묵을 깨고 물었다.

"소유진은 지금 어디에 있죠?"

"그건 나도 몰라. 독심당에서 들은 정보에 따르면 나를 풀어준 후로 천기당에서 직위 해제당하고 모처로 끌려갔다고 하더군. 생각해 보면 삶이 참 안타까운 여자야. 그 미모와 능력이면 강호에서 능히 여중고수로 이름을 날렸을 것인데 하필이면 조순 같은 놈을 스승으로 만나서……."

천이적은 소유진이 이미 죽었다고 여기는 것 같은데 잘못된 판단은 아니었다. 정보 단체에서 배신자로 낙인찍힌 대상은 강호에 두 번 다시 나타나지 않는 것이 이제까지의 통례였다.

담사연과 천이적의 재회 과정은 그 정도에서 일단락됐다. 서로 간에 묻고픈 말이 한참 더 있지만 용수담의 동쪽 숲에서 척룡조의 일곱 번째 조원으로 여겨지는 대상이 걸어오고 있었다.

담사연은 관심 깊은 눈으로 그 사람을 쳐다봤다.

이번엔 누구인가?

이능의 말에 의하면 척룡조의 조원들은 모두 그의 삶과 깊이 관련된 존재라고 하지 않았던가.

이윽고 조원들 앞에 나타난 인물.

청색도복을 정갈히 차려 입은 노검사이다.

"으음."

담사연은 그 노검사의 얼굴을 확인한 순간 긴장된 기색을 드리웠다.

반길 대상이 절대 아니다.

노검사의 입장에서 보면 그는 애제자를 죽인 원수.

그의 무림 인생에서 만나고 싶지 않은 존재다.

노검사가 용수담의 조원들을 둘러보곤 말했다.

"척룡삼호 정객, 일엽이오. 본인은 이 자리에 청성파의 명찰을 떼고 나왔으니 앞으로 나를 부를 때, 일엽 도장이 아닌 정객이라고 편히 부르시오."

"아!"

"청성지존!"

일엽이 신분을 밝히자 조원들 중 특히 송태원과 구중섭이 크게 반색했다. 청성파의 전대 장문인으로서 정파 십대고수에 능히 들어가는 일엽이다. 일엽의 실력과 명성이라면 두 사람이 원했던 척룡조의 구심점, 그런 존재가 되어줄 수 있다고 여긴 것이다.

조원들과 눈인사를 마친 일엽은 마지막으로 담사연을 주시했다. 담사연은 일엽을 향한 긴장의 빛을 아직 거두지 않고 있었다.

"일호 자객은 나를 그렇게 견제하지 말라. 우리 사이에 칼로 갚을 원이 분명히 남아 있지만 그건 이번 청부를 끝낸 다음에 다른 자리에서 풀어내야 할 사안이다."

일엽의 말에도 불구하고 담사연은 긴장된 자세를 유지했다.

애제자를 죽인 자객이다.

동심맹에 이용당한 그의 청부를, 이능이 아무리 설명과 설득을 잘했다고 해도 사부의 입장에서 어떻게 눈감아 줄 수 있단 말인가.

"도장께선 진정 나를 용서할 수 있단 말입니까? 본심이 아니라면 척룡조에서 당장 나가주십시오. 서로가 다른 마음을 품고 있는데 어찌 같이 일을 할 수 있겠습니까?"

"흐음."

그의 직설적인 표현에 일엽이 눈매를 좁혔다. 눈빛만 바뀌었을 뿐인데도 주변의 공기가 팽팽해지는 것 같았다.

"지금 나를 소인으로 만들려고 하는가? 너의 말처럼 내 제자를 죽인 것은 용서할 수 없는 행위이나, 세상이 파멸될지도 모를 위기를 앞두고 있거늘 내 어찌 소아적인 생각으로 제자의 복수에만 연연할 수 있을까. 다시 말하지만 네가 한 짓은 이번 청부를 끝낸 다음에 분명히 칼로써 풀어낸다. 하니 이후로 단화진의 죽음을 내 앞에서 더는 거론하지 말라. 알겠는가?"

고지식한 성격 때문에 정파의 비주류로 살아온 일엽이다.

그런 일엽이 무림의 위기가 걸린 중차대한 일에서는 정파 원로의 참모습을 보여주고 있다. 어쩌면 일엽이 고지식하다는 평가 또한 일부 정파인들의 섣부른 판단일 수 있다.

담사연과 일엽의 관계가 껄끄러워지자 천이적이 중재에 나섰다.

"사연아, 정객의 말씀을 새겨들어라. 정객께선 지금 우리가 가장 중요시해야 할 사안이 무엇인지 가르쳐 주고 계신 거다. 청성당 저격 사건에는 나도 일부 관여가 되어 있으니 이번 청부를 무사히 마치면 나와 함께 청성파로 가서 직접 사죄를 하자. 설마 그때에 이르러 정객께서 우리 목을 자르기야 하겠느냐. 안 그렇습니까, 정객 선배님?"

천이적의 중재는 효과를 보았다.

담사연은 생각을 잠깐 한 후에 긴장을 풀고, 뒤로 물러나 대기했다.

일엽은 이제 유연설에게 시선을 돌렸다.

"유 노객님, 내가 듣기로 척룡조는 팔 인이라고 하였는데 나머지 한 사람은 지금 어디에 있습니까?"

일엽과 유연설은 구면이다. 유연설의 본 나이도 알고 있기에 일엽은 대화에 예의를 갖추고 있다.

유연설이 말했다.

"척룡사호 사객(邪客)도 현재 용수담에 있습니다. 사람들

앞에 나오는 것을 꺼리고 있는데 조원들이 원한다면 이곳으로 불러들일 수도 있습니다. 불러올까요?"

"사객이 누구인데 모습을 드러내는 것을 꺼린단 말이오?"

"직접 보시지요. 사객은 저곳에 있습니다."

유연설이 말과 함께 용수담 폭포를 가리켰다.

폭포 줄기가 세차게 떨어지는 그곳 바위 옆에 홍의인이 출현해 있었다.

얼굴에 못 같은 침을 가득히 꽂아둔 흉측한 모습.

혈마 소적벽이었다.

"으응?"

"으음."

"으으!"

혈마를 본 조원들의 반응은 제각각 달랐다.

담사연은 의외라는 표현, 일엽은 몹시 불편한 표정, 그리고 나머지 조원들은 끔찍하다는 감정의 표출이다.

일엽이 찌푸린 눈으로 유연설을 다시 돌아봤다.

"내, 자객의 행위를 눈감아줄 정도로 독심당주의 일처리를 신뢰하지만 이번만큼은 납득을 못하겠소. 저 사람이 왜 이곳에 있는 거요? 용문의 청부가 아무리 중하다고 한들 어찌 강호를 피바다로 만든 살인마까지 척룡조에 담을 수 있단 말이오?"

일엽에 이어 천이적도 혈마 가입의 부당함을 피력했다.

"내 생각도 정객과 같습니다. 혈마는 대의를 위해 자기 한 몸을 희생하는 협객 인생과 거리가 먼 존재입니다. 혈마와 같이 청부에 나서면 그땐 적이 아니라 우리 목부터 걱정해야 될 겁니다."

표현은 하지 않지만 담사연을 제외한 나머지 조원들도 그와 같은 생각이다.

조원들의 이런 모습에 유연설은 상당히 곤혹해하였다.

"실은 독심당주도 여러분들의 이러한 반응을 예상하셨어요. 한데도 혈마를 군이 척룡조에 둔 것은 혈마가 군자성의 악인권을 상대할 유일한 무인이기 때문이에요. 대국적인 심정으로 혈마를 받아주시면 안 되겠습니까?"

이능의 말을 전했음에도 일엽은 단호히 반대했다.

"아니, 난 그렇게 할 수 없소. 저 악종과 같이 척룡조에 이름을 올린다는 자체가 내겐 좌절이자 수치요. 혈마가 척룡조로 활동을 한다면 나는 지금 모든 것을 그만두겠소."

혈마와 일엽 자신 중에서 한 사람을 선택하라는 강요다.

유연설이 이러지도 저러지도 못하고 있을 때 담사연이 전음을 보내왔다.

[혈마가 선인창을 성취하여 심성이 변했다는 것을 밝히면 되지 않겠습니까?]

[나도 그러고 싶지만 그건 혈마가 한사코 반대해요.]

[왜죠?]

[그는 이번 청부에서 선인이 아닌 악인으로 살신성인하고자 해요. 자신이 지난 시절에 벌인 악행을 조금이라도 씻어내려면 그렇게 해야 한다고 주장하는데 독심당주도 혈마의 그런 뜻을 꺾지 못했어요.]

[알겠습니다. 혈마에 관한 것은 내가 정리하겠습니다.]

전음을 마친 담사연이 조원들의 앞으로 나와 자신의 생각을 밝혔다.

"혈마는 척룡조의 소속원이 아닌 외인으로서 활동할 겁니다. 척룡조가 위험에 처한 특수한 상황을 제외하고는 조원들의 눈앞으로 나오는 일도 없을 것입니다. 하니 혈마에 관한 사안은 이 정도에서 정리해 주시길 바랍니다."

그의 주장은 합리적이다. 혈마와 같이 활동하지 않겠다는 일엽의 입장도 충분히 고려되어 있다.

조원들은 그의 말에 동의하는 한편, 다소 의외라는 눈으로 그를 쳐다봤다. 척룡조 활동에서 이제껏 없는 듯 존재해 왔던 담사연이다. 그랬던 그가 조직원의 결속을 해치는 문제 사안이 발생하자 선임자처럼 직접 나서서 정리를 해주고 있는 것이다.

"혈마와 같이 활동하지 않는다는 그 말. 꼭 지키도록 하게."

일엽이 한발 물러서며 사안이 최종 정리됐다.

남은 것은 이제 용문 청부의 선결 과제가 무엇인지 확실히 정해두는 것이다.

구중섭이 일엽에게 물었다.

"정객께선 척룡조의 최우선 제거 대상이 누구라고 여기고 있습니까? 악인권을 성취한 군자성입니까? 아니면 화룡과 비밀 계약을 한 사중천주입니까?"

일엽은 무덤덤한 표정으로 되물었다.

"그걸 왜 내게 물어보는가?"

"명성으로 보나 실력으로 보나 척룡조의 실질적인 조장은 정객이십니다. 하니 정객께서 이제부터 우리를 바르게 지휘해 주셔야 하지 않겠습니까?"

"하!"

일엽이 실소를 하고는 담사연을 넌지시 눈짓했다.

"누가 조장인지 조금 전에 지켜보고도 모르겠는가? 괜한 일로 늙은이 부끄럽게 하지 말고 앞으로 일호 자객의 지휘에나 열심히 따르게."

무림 선배로서 일엽이 겸손을 보인 것만은 아니다. 담사연은 혈마 사안을 깔끔하게 정리했고, 그 과정에서 다른 조원들이 그의 주장에 반대를 못할 만큼 강한 통솔력도 선보였다.

일엽의 말 이후 조원들은 담사연을 새로이 주목했다. 조금 전 구중섭의 물음에 대한 답을 듣고자 하는 것이다.

그는 조원들을 돌아보며 자신의 생각을 말했다.

"용문 청부의 첫째 목표는 군자성도 아니고 사중천주도 아닙니다. 무림이 종파를 초월해 혼란을 겪는 원인은 바로 화룡도 때문입니다. 그 화룡도를 소유하려는 인간의 욕심 때문에 전쟁까지 발발했습니다. 하니 척룡조는 무엇보다 우선해서 화룡도를 폐기하는 것에 목적을 두어야 합니다."

이능은 사중천주를 죽여 달라고 청부하였지, 화룡도 폐기는 말하지 않았다. 한데도 그는 용문 청부의 핵심을 스스로 파악해 내고 있었다.

유연설이 담사연의 말을 이었다.

"일호 자객의 말이 옳아요. 우리가 지금 용문으로 침투하려는 이유도 바로 그것 때문이에요. 그 과정에서 용문 청부의 제거 대상들과도 필연적으로 충돌하게 될 거예요."

척룡조의 선결 과제는 화룡도 폐기.

담사연과 유연설의 주장에 수긍이 되지만 그에 따른 의문도 있다.

구중섭이 물었다.

"화룡도를 어떻게 폐기하지요? 화룡도는 열기가 너무 강해 아무도 손에 들 수 없다고 하지 않았습니까?"

이 물음에 대답할 수 있는 사람은 용문에서 살아온 유연설뿐이다.

"두어 가지 방법이 있는데 가장 확실한 수단은 용암이 끓고 있는 용문의 적광로에 화룡도를 던져 녹여 버리는 것이에요. 이 경우에는 화룡도를 적광로까지 옮기는 수단이 문제가 되는데 그 해결책은 용문에 들어간 후에 설명할 거예요."

"화룡도는 어디에 있지요?"

"용문의 지하 궁전, 용성전(龍誠殿)의 열화수(熱火水)에 담겨 있어요. 열화수는 용문의 온천이라고 생각하시면 돼요."

적광로, 용성전, 열화수.

생소한 단어가 유연설의 입에서 연이어 나오자 서객의 보직을 맡고 있는 송태원이 가장 바쁘게 움직였다.

송태원은 유연설의 말을 경청하는 한편, 주요 내용을 필기장에 꼼꼼히 적었고 나아가서는 의문 사안까지 직접 챙겨 유연설에게 물었다.

"청부의 주목적과 청부 대상, 그리고 화룡도의 처리 방법까지는 알아듣겠는데 아직도 이해가 잘 안 되는 점이 한 가지 있습니다. 질문해도 되겠습니까?"

"꺼리지 말고 물어보세요."

"화룡도는 화룡의 내단으로 형성된 불가공법의 무기이고, 사중천주는 그 화룡과 무림 파멸의 계약을 맺은 위험인물입니다. 또한 군자성이 장악한 용문은 구룡족이 이제껏 화룡을 관리하고 또 섬겨왔던 장소입니다. 이와 같이 모든 점이 화룡과 연관되고 있거늘, 왜 아무도 화룡에 관해서는 말하지 않는 것입니까? 화룡이야말로 이 모든 사태의 원인인데 현재 살아 있기는 한 겁니까? 만약 살아 있다면 우리는 화룡과도 싸워야 하는 겁니까?"

"……."

편하게 물어보라고 했던 유연설이 그만 대답을 하지 못했다.

상당히 난감한 표정.

몰라서 답을 못하는 것이 아닌, 답변을 애써 피하고 있는 모습이다.

천이적이 유연설의 그 모습을 보곤 사안 정리에 나섰다.

"잠자는 용이든 미친 뱀이든 청부에 방해가 된다면 죽여 버리면 되지 않겠습니까? 독심당주도 그런 뜻으로 척룡조의 명칭을 정했다고 봅니다."

천이적이 쉽게 말했지만, 이건 조원들이 간단히 해결할 문제가 아니다.

용과 싸운다? 용을 죽인다?

용을 잡는 인간의 이야기는 고대 설화에서나 나올 뿐, 무림의 실제 역사에서 전례가 없는 일이다.

"자, 구름 잡는 논의는 이 정도에서 끝내고 용문으로 침투

하는 방법에 대해 논해봅시다."

분위기가 어색해지자 천이적이 화제를 돌렸다. 경륜은 무시 못한다. 유연설이 답하기를 꺼려하는 모습에서 아직은 대외적으로 밝혀지면 안 되는 무엇가가 있다고 판단한 것이다.

"절망의 평원으로 들어가는 모든 길이 막힌 상태입니다. 우회노선으로 용마총에 들어간다고 하셨는데 구체적으로 어떤 길을 말하는 것입니까?"

유연설이 이번엔 바로 답했다.

"우회하는 길은 우리의 머리 위에 있어요."

"머리 위?"

조원들이 하늘을 올려다봤다.

하지만 보이는 것이라곤 정상조차 안 보이는 까마득한 높이의 암벽뿐이다.

"사방이 온통 절벽인데 여기에 무슨 길이 있단 말입니까?"

"네. 그곳, 절벽을 횡단해서 용마총으로 들어갈 거예요."

질문한 천이적보다 그 말을 기록하던 송태원이 먼저 놀랐다.

"절, 절벽을 탄다고요?"

놀라기에는 아직 이르다. 진짜 끔찍한 것은 유연설의 입에서 이어진 이 말이다.

"벼랑길을 삼십 리 정도 횡단하면 흑적산이 마주 보이는 용적암이 나오는데, 그곳에 용마총 내부까지 연결된 백 장 길이의 외줄이 있어요. 우리는 그 외줄을 타고 용마총으로 잠입할 거예요."

"헉!"

"말도 안 돼!"

송태원과 구중섭은 입을 딱 벌렸고, 천이적과 양소는 고개를 휘휘 저었다.

벼랑길을 삼십 리나 횡단하는 것도 모자라 백 장 길이의 외줄 타기.

하늘을 훨훨 날아다니는 경공의 절세고수가 아니고서는 이건 숫제 죽으라는 말과 같다.

7장

절벽대전투

용봉회랑의 벼랑길은 용문의 구룡족이 암벽을 뚫고 부수고 다듬어서 만들어낸 길이다. 발을 디딜 암반이 없는 직벽 단면에는 통나무를 선반처럼 달아 잔도(棧道)를 만들었고, 그것조차 공사하기 어려운 환경이면 건너편의 벼랑길까지 두 줄의 쇠사슬을 길게 연결해 두었다.

문제는 워낙에 오래된 길이라 중간에 자주 끊겨 있고, 또 용문에 변고가 생긴 이후로 오랜 시간 관리를 하지 않은 탓에 잔도의 상태가 아주 좋지 않다는 점이었다.

절벽의 중간 지대에 형성된 벼랑길의 높이도 물론 문제가 됐다.

높이는 최소 이백 장. 발아래는 내려다보기만 해도 눈이 어지럽다. 거기에다 암벽 상층부는 겨울 날씨인 탓에 코를 얼려 버릴 것 같은 강풍이 불고, 발을 딛는 암반에는 쌓인 눈이 얼어붙어 미끄럽기 그지없다.

조원들의 무력 수준이 전부 다르듯 이러한 고공 벼랑길을 횡단하는 능력은 개인마다 큰 차이를 보였다.

조원들 중에서 벼랑길 보행을 가장 수월하게 하는 이는 단연 일엽이었다.

일엽은 절벽의 높이나 잔도의 상태와는 아무런 상관 없이 그냥 산책하듯 벼랑길을 걸어 다녔다. 발을 디딜 암반이 없는 곳에서는 절벽의 허공을 가볍게 뛰어 건너편의 벼랑길에 안착했다. 조원들과 동행하는 것이 아닌 일엽 혼자서 움직였다면 아마도 지금보다 훨씬 더 빠르게 벼랑길을 횡단했을 것이다.

일엽 다음으로 벼랑길 보행을 잘하는 조원은 용문에 있을 때 이곳을 다녀간 경험을 바탕으로 능숙하게 움직이는 유연설이고, 그다음 순번은 담사연이었다.

담사연은 시간이 지날수록 벼랑길 보행의 속도가 빨라지는 특이한 경우였다. 특히 고공 횡단을 할 때부터는 유연설보다 더 능숙하게 절벽을 타고 다녔다. 잔도가 없는 곳에서는 한 손으로 돌출 암반을 잡고 몸을 흔들어 그 반동으로 암벽을 타고 가는 아찔한 장면까지 보여주었다.

"저 사람은 대체 뭘 믿고 저런 객기를 부리는 거지? 저러다가 추락하면 되살아날 수단이 따로 있는 건가?"

그의 과감한 암벽 타기를 객기로 여긴 구중섭의 말이었다.

담사연 다음으로는 송태원을 제외하고 거의 비슷한 수준으로 벼랑길을 보행했다. 그들은 벼랑길의 환경에 맞추어 각자의 병기를 절벽 타기에 활용했는데 양소는 삼환창을 단창과 장창으로 조절하며 암반에 꽂아 움직였고, 구중섭은 귀검대를 풀어 양소와 비슷한 방법으로 절벽 보행을 하였다. 천이적 같은 경우에는 혁피조가 장착된 손가락으로 암벽을 직접 찍어가며 움직였다.

문제는 송태원이었다. 송태원은 도시의 검관에서 주로 생활했기에 벼랑길을 걷는 자체를 버거워했다. 특히 고공 횡단을 할 시점부터는 눈을 발아래로 돌리지 못할 정도로 높이에 적응하지 못했다.

벼랑길이 이 장 정도 끊긴 곳에 서 있는 지금도 그러했다. 다른 조원들은 모두 건너가 대기하고 있건만 송태원은 끊긴 벼랑길을 건너갈 것 같은 시도만 하고 결행은 하지 못하고 있었다.

보다 못해 구중섭이 송태원의 결행을 촉구시키는 말까지

하게 되었다.

"서객은 무당파 출신이라고 하지 않았소? 무당파라면 제운종의 신법이 유명한데 어찌 그깟 끊긴 공간을 건너오는 것을 두려워하신단 말이오? 혹시 무당파 제자라는 말, 우리에게 사기 치신 거요?"

효과는 바로 나타난다.

"사기라니! 사람을 뭐로 보고 그런 말을 하십니까! 내 사부님은 무당파의 칠대 장로이신 현명진인이 맞습니다. 내가 정말 이깟 벼랑길이 무서워서 못 건너가는 줄 아십니까!"

송태원은 화끈 달아오른 얼굴로 소리치곤 바로 결행에 나섰다. 그런데 이번엔 의지가 너무 과한 것이 문제가 되었다. 암반을 힘차게 차오른 것까지는 좋았는데 착지 과정에서 중심이 되는 왼발이 그만 미끄러져 버렸다.

"어?"

송태원이 중심을 잃은 자세에서 허우적거리다가 뒤로 넘어갔다. 여기서 뒤로 넘어간다는 것은 곧 추락을 하게 된다는 뜻이다.

"이런!"

일엽이 송대원을 향해 몸을 외락 돌렸다. 일엽의 경공이라면 송태원을 능히 구조해 줄 수 있다. 하지만 이때 일엽보다 더 빨리 행동에 나선 조원이 있었다. 담사연이었다.

"아악!"

송태원이 비명과 함께 추락하자 그는 망설임 없이 바로 벼랑길에서 뛰어내렸다. 동반 추락이 아니다. 그는 벼랑길에서 뛰어내림과 동시에 송태원에게 지주망기를 쏘았고, 천잠사로 송태원의 허리를 감은 다음에는 오른손으로 단검을 뽑아 암벽의 틈 사이에 박아 넣었다.

천잠사로 연결되어 절벽에 매달린 두 사람이다.

그는 발아래의 송태원을 내려다보며 말했다.

"송 형, 이대로 그냥 매달려 있으면 하중 때문에 천잠사가 끊어질 겁니다. 나는 지금 움직일 수 없는 처지이니 우리 두 사람이 모두 무사하려면 송 형께서 어떻게 해야 되겠습니까?"

한 사람의 무게로 천잠사가 끊어질 일은 없다. 그는 송태원이 스스로 상황을 해결할 수 있도록 사기 진작 차원에서 그렇게 말했다.

"으음!"

송태원이 천잠사에 매달린 자세로 몸을 이리저리 흔들었다. 그리고 그 반동을 탄력 삼아 절벽을 차고 올라 조원들이 대기하고 있는 벼랑길에 올라섰다. 이번의 모습은 제법 무림인다운 움직임이다.

휘이익, 팍!

송태원이 무사히 벼랑길에 올라서자 담사연은 지주망기를 절벽의 상층부로 다시 발사시켰다. 그런 다음 천잠사를 감아 올리며 수직으로 쭉 상승했다. 지주망기에 대해 잘 모르는 조원들로서는 그의 이런 재주가 그저 신기하게 보일 뿐이다.

구중섭이 그의 모습을 보곤 혀를 내둘렀다.

"후아, 이제 보니 인간 거미가 따로 없군. 암벽을 겁 없이 타고 다닌 이유가 다 있었어."

일엽 또한 소감을 말했는데 구중섭과는 뜻이 조금 달랐다.

"자객으로 살아가기에는 자질이 아깝군."

일엽의 말은 벼랑길에 올라선 담사연도 들었다. 무슨 의미로 그런 말을 했는지 모르지 않지만 그는 그 점에 대해선 내색하지 않았다.

"여기까지 온다고 모두 수고하셨습니다. 하면 이곳에서 잠시 쉬었다 가기로 하죠."

그의 말에 조원들은 벼랑길 암벽에 등을 붙이고 앉았다. 그의 척룡조 지휘가 한결 자연스러워진 모습이다.

담사연은 휴식 중에 송태원의 옆자리로 가서 앉았다.

송태원은 좀 전의 상황 때문에 기가 죽은 모습이 되어 있었다.

"송 형, 이런 일에 의기소침하지 마십시오. 사람은 누구나 잘하는 것이 있고 또 못하는 것이 있습니다. 내가 보기에 송 형은 외면보다 내면이 훨씬 더 강한 사람입니다. 나는 송 형이 화문당에서 내게 화를 내던 그 모습을 잊지 못하고 있습니다. 솔직히 그때 송 형이 좀 무섭게 느껴졌습니다."

송태원이 그를 돌아보며 힘없이 미소를 지었다. 격려의 의미라는 것을 모르지 않는다.

"그렇게 말해주셔서 고맙습니다. 실은 나도 그날 담 형의 말을 듣고 생각이 많이 바뀌었습니다. 이번의 청부만 봐도 그렇습니다. 인성과 덕으로는 악의 무리를 징벌하지 못합니다."

"송 형이 그리 말씀하시면 서로의 입장만 바뀌었을 뿐, 우리가 다툰 논제는 다시 원점으로 돌아가지 않습니까."

"그게 그렇게 됩니까? 하하!"

말과 함께 송태원이 활짝 웃었다. 기가 죽었던 이전의 심정을 지워낸 것 같았다.

"어험, 무슨 이야기를 하기에 그렇게 분위기가 좋은 겁니까. 나도 좀 끼워주십시오."

구중섭이 송태원에게 다가왔다.

송태원이 흘겨보자 구중섭은 계면쩍은 얼굴로 말했다.

"송 형, 아까 내가 했던 말은 진심이 아니었습니다. 명색이 포교이거늘 송 형이 무당파 제자란 것을 내가 왜 모르겠습니까. 나는 그저……."

송태원이 고개를 저으며 구중섭의 말을 끊었다.

"구 형, 미안해하지 않으셔도 됩니다. 구 형의 본심이 아니란 것은 나도 잘 알고 있습니다. 앞으로도 내가 약한 모습을 보이면 그렇게 꾸짖어주십시오."

"하하, 송 형은 역시 천생이 군자로군요. 송 형 같은 인성을 가진 사람을 동료로 두었으니 나는 그것만으로도 척룡조에 가입한 보람을 느낍니다."

자신을 낮추고 상대를 존중하는 언행.

담사연은 두 사람의 이런 모습을 보며 희미한 미소를 머금었다. 단원들이 악인권에 희생된 후 처음으로 보이는 미소이다.

조직원의 결속력을 다지게 하는 일은 또 있었다.

천이적이 벼랑길 보행에 서툰 송태원을 위해 다른 방식을 제안하고 있었다.

"서객을 두고 하는 말은 아니지만 이런 식으로 절벽을 횡단하다가는 자칫 생사람을 잡을지도 모르겠습니다. 하니, 이제부터는 좀 더 효과적인 노선으로 움직이는 것이 어떻겠습니까?"

질문의 대상은 유연설이지만 반문은 구중섭이 했다.

"선배님에게 다른 방법이 있습니까?"

천이적은 절벽의 정상을 가리키며 말했다.

"벼랑길로 가지 말고 절벽의 정상까지 올라가서 그 윗길을 통해 움직입시다. 암벽 등반이 위험하긴 해도 내 생각엔 그게 훨씬 수월하고 빠르게 목적지까지 갈 수 있는 방편입니다."

"호오, 좋은 생각!"

일리가 있는 말이기에 구중섭이 즉각적으로 호응했다.

하지만 다른 조원들이 찬성하기도 전에 유연설은 바로 고개를 저었다.

"그건 안 돼요."

"왜지요?"

"정상에는 벼랑길을 감시하는 창응단이 있어요. 우리의 모습이 발견되면 그들은 용적암의 외줄을 가장 먼저 끊어놓을 거예요."

"창응단? 어떤 단체이지요? 사중천 소속입니까? 아니면 동심맹입니까?"

"사중천도 아니고 동심맹도 아니에요. 그들은 군자성의 지휘를 받는 용문의 무림 조직이에요."

"용문에 그런 무림 단체도 있었습니까?"

강호와 교류를 하지 않고 독자적으로 살아온 구룡족이다. 용문에 무림 단체가 있다는 것이 선뜻 이해되지 않는다.

"지금의 용문은 구룡족이 이끌던 예전의 용문과는 성격이 완전히 달라요. 군자성은 용문을 장악한 후, 오랜 세월에 걸쳐 무림인들을 용문의 조직원으로 포섭했어요. 창응단은 그 중에서 군자성에게 절대적인 충성을 바치는 조직이에요."

양소가 무언가를 생각하고는 대화에 개입했다.

"창응단이라면… 혹시 오래전 하북의 산악지대에서 활동했던 창응방과 관련이 있는 단체입니까?"

"맞아요. 그 창응방이 군자성에게 포섭되어 현재는 창응단이 되어 있어요."

창응방은 한때 하북성을 석권했던 무림 단체이다. 산악 전투에서는 단 한 번의 패전도 하지 않았다고 알려져 있다.

천이적이 말했다.

"전성기 시절의 창응방과 지금의 창응단을 단순 비교하는 것은 무리입니다. 정객의 검공과 척룡조의 전투력이라면 창응단을 능히 처리할 수 있으리라 여겨집니다."

창응단과 싸우더라도 절벽 정상으로 올라가서 움직이자는 뜻.

그러자 이번엔 오히려 유연설이 천이적을 주시하며 물었다.

"암객께서 말한 창응방의 전성기는 어떤 시절을 가리키는 것이죠?"

"그야 당연히 창응방의 일대 방주인 창응비존 등사평이 활동하던 시절이 아니겠습니까."

"그 등사평이 현 창옹단의 단주예요."

"네?"

"그게 무슨!"

유연설의 말에 천이적과 구중섭이 동시에 눈을 멀뚱거렸다.

창옹비존 등사평은 무려 백 년 전의 인물이다. 아직까지 생존해 있는 것만 해도 놀랍거늘, 현역에서 활동하고 있다니 도무지 믿기지 않는 일이다.

"내 말을 의심하지 마세요. 용문에는 등사평 이외에도 이전 시대에 명성을 떨쳤던 노괴가 수두룩하게 있어요. 그들 모두가 생명 연장을 조건으로 군자성에게 포섭되었죠."

유연설이 거짓말을 할 이유는 없다.

백 살을 한참 넘긴 군자성도 현역에서 왕성히 활동하고 있지 않은가.

천이적이 떨떠름한 얼굴로 조원들을 돌아봤다.

"자, 갈 길이 먼데 휴식은 이 정도에서 끝내고 다시 갑시다. 이번에는 내가 앞장서서 길을 열겠소이다."

절벽 정상으로 올라가자는 주장.

천이적의 머리에서 깨끗이 지워졌음은 물론이다.

휴식 이후로 한동안 벼랑길의 상태가 괜찮았다. 길의 폭도 넓었고, 끊긴 구간도 거의 없었다. 용적암까지 남은 거리는 대략 십오 리. 벼랑길이 이 상태로만 유지된다면 절벽에서 하룻밤을 보내는 아찔한 경험은 하지 않아도 될 것 같았다.

"내 포교 경험에 의하면 좋은 일 뒤에는 항상 나쁜 일이 따라옵니다."

조원들이 걸음 도중에 구중섭을 힐끗 흘겨봤다. 재수 없게 왜 그런 말을 하느냐란 뜻인데 아니나 다를까, 얼마 안 있어 벼랑길 보행에 큰 난관이 되는 구간이 조원들의 눈앞에 나타났다.

"젠장, 사람 잡는군!"

"여길 어떻게 건너가라고?"

반원을 그리듯 안으로 크게 굽어 있는 절벽 구간이다.

건너편 벼랑길까지는 최소 십 장의 거리.

그 사이엔 길도 없고 잔도도 없고 암벽 타기를 할 만한 돌출 암반도 없다.

"여긴 태사벽(太死壁)이라고 불리는 곳이에요. 구룡족이 벼랑길 공사를 할 때 이곳에서 많은 희생자가 나와 붙여진 명칭인데 예전에 내가 지나갈 때만 해도 여기에 구름다리가 놓여 있었어요."

조원들이 듣고 싶은 것은 명칭의 유래가 아닌 이곳을 안전하게 지나가는 방법이다.

하지만 실망스럽게도 유연설은 설명 다음으로 입을 굳게 다물었다.

날아서 가든 걸어서 가든 어차피 결정은 조장의 몫이다.

그는 일엽에게 먼저 물었다.

"가능하겠습니까?"

"흐음."

일엽은 태사벽의 구조를 잠깐 살펴보곤 암반을 박찼다.

허공답보의 비거리는 칠 장.

칠 장을 지나가면서 일엽의 신체가 급속도로 하강한다.

발아래는 바닥조차 안 보이는 공간.

조원들이 아찔한 심정에 휩싸일 때 일엽은 허공에서 몸을 비틀어 절벽을 향해 장풍을 날렸다. 장풍이 절벽을 강타하자 일엽은 그 반발력을 타고 단숨에 건너편의 벼랑길에 안착했다.

"휴우."

조원들이 뒤늦게 안도와 허탈한 심정이 뒤섞인 숨결을 흘려냈다. 평지에서 십 장 거리를 넘어가는 신법과, 이백 장 높이의 고공에서 십 장 공간을 건너가는 신법은 완전히 다른 차원의 문제다. 일엽이니까 이렇게 간단히 해냈지, 보통의 무인은 감히 시도조차 하지 못한다.

일엽이 건너간 후, 담사연은 천이적을 쳐다봤다.

천이적이 뚱한 음성을 흘러냈다.

"뭐지, 그 눈빛은? 설마 나보고도 정객처럼 건너가라는 뜻은 아니겠지?"

당연히 아니다. 그는 피식 웃곤 바랑에서 칠채궁의 부품들을 꺼내 조립했다. 칠채궁이 완성되자 그는 지주망을 풀어 강뇌전 세 발에 연결하고는 그것을 장전해서 일엽이 위치한 벼랑길의 상단부에 쏘았다.

팍! 팍! 팍!

암벽 상단에 강뇌전이 차례로 박혔다.

강뇌전에 연결된 천잠사는 세 줄, 그는 혈선표를 꺼내어 하나의 줄로 튼튼히 묶은 다음 일엽에게 말했다.

"조원들을 그곳으로 보낼 테니 정객께서 안전하게 잘 받아주십시오."

일엽이 잠시 묘하게 그를 쳐다보곤 고개를 끄덕였다.

조원들도 그의 의도가 무엇인지 이제 알았다.

천잠사를 잡고 줄타기를 하듯 일엽이 위치한 벼랑길까지 건너가라는 거다.

물론 실행하기에는 찜찜한 구석이 있다.

송태원이 말했다.

"조금 전에 내게는 하중 때문에 끊어진다고 하지 않았습니까?"

"그건 그냥 해본 말입니다. 사람 한 명의 무게 때문에 끊어질 천잠사라면 나는 이제껏 열 번도 더 죽었습니다."

담사연은 말과 함께 하나의 줄로 연결된 혈선표를 천이적의 손에 넘겼다.

"하면, 관주님이 멋지게 시범을 보여주십시오."

말이 좋아 시범이지, 이건 시험 대상이 되는 것과 같다.

"연장자 우선이라면 노객께서 일번으로 타야겠지."

천이적의 양보를 유연설은 간단히 거절했다.

"사내 우선. 숙녀는 배려를 받아야지요."

"끄응."

천이적이 불편한 숨결을 흘려냈다. 유연설의 본 나이를 알고 있는데 숙녀라니. 터놓고 말하는 사이라면 노망을 부리지 말라고 면박을 주었을 터다.

"좋아, 내가 앞장서겠어. 무림의 밥을 한평생 먹고 살았는데 이까짓 일에 쫄아서는 중정마협이 아니지."

천이적이 당찬 말과 함께 혈선표를 두 손으로 잡고 맞은편 벼랑길로 건너갔다. 머뭇거리던 모습과 다르게 천이적의 줄타기는 아주 깔끔하게 이루어졌다. 착지 과정에서 일엽이 굳이 잡아줄 필요도 없었다.

천이적이 안착한 후 일엽이 천잠사가 묶인 혈선표를 담사연에게 던졌다. 처음 사용해 보는 암기임에도 혈선표는 정확히 담사연의 손을 향해 날아갔다. 일엽을 먼저 보낸 이유도 실은 이런 능력 때문이다.

"이번엔 대주님이 건너가십시오."

양소도 어렵지 않게 맞은편 벼랑길로 건너갔다. 이 정도 줄타기를 해내지 못한다면 일급의 무인이라고 할 수 없을 것이다.

양소 다음으로는 구중섭이 건너갔고 다음으로는 송태원이 줄을 탔다. 송태원은 조금 전의 실수를 만회라도 할 요량인 듯 줄을 타는 중에 반원으로 굽은 절벽을 차고 달려가는 모습을 선보였다.

"오호! 멋진 신법! 송 형에게 그런 실력이 있었다니!"

구중섭의 찬사는 그냥 해본 말이 아닌 진심이었다.

송태원의 실족은 높이에 적응하지 못한 마음가짐이 문제였다. 송태원은 화문당에서 제운종을 발휘해 담사연을 구해주었을 정도로 신법에는 일가견이 있었다.

송태원까지 건너가자 담사연의 옆에는 이제 유연설만 남았다.

그녀는 혈선표를 한 손으로 잡고 그에게 눈을 찡긋했다.

"일호 자객은 볼수록 매력적인 분이에요. 그래서 난 더 아쉬워요. 육십 년 전에 당신을 만났으면 참 좋았을 것인데……."

말과 함께 유연설이 한 손 줄타기를 하며 날렵하게 벼랑길을 건너갔다.

혼자 남은 담사연은 쓴웃음을 머금었다.

육십 년 전의 만남.

그가 이제까지 살아오며 들었던 농담 중에 가장 끔찍한 말이다.

혈선표가 그의 손으로 다시 돌아왔다.

그는 태사벽을 건너간 다음, 혈선표를 풀어내고 그 자리에 강뇌전을 연결해 맞은편 벼랑길 암벽에 쏘았다.

이번에 쏜 강뇌전은 혈마를 위해 남겨둔 것이다.

물론 혈마의 무력을 고려해 볼 때 그것을 사용하지 않을 가능성이 훨씬 크다.

척룡조 벼랑길 보행 이십 리.

척룡조는 태사벽 구간에 이어 용봉회랑 최악의 구간이라 일컬어지는 낙화교에 들어섰다.

낙화교는 파도처럼 굽이치는 절벽에 만들어진 오백 장 길이의 잔도를 가리키는데, 사람 한 명이 간신히 지나갈 너비밖에 되지 않아 보행자는 절벽에 거의 몸을 붙이고 잰걸음으로 움직여야 한다. 지금은 잔도의 상태까지 극히 안 좋아 보행에 더더욱 신중을 기해야 한다.

"모두 힘내세요. 여기만 무사히 통과하면 이후로는 목적지까지 순탄한 벼랑길이에요."

유연설의 이 말은 그나마 조원들에게 의욕을 돋우게 한다.

보행 순서는 태사벽을 지나갈 때와 거의 차이가 없다. 달라진 순번이라면 낙화교의 구간별 형태에 대해 알려주고자 일엽의 뒤에 유연설이 위치했다는 거다.

낙화교를 걸어갈 때 일엽은 시간이 다소 지체되더라도 잔도의 상태를 손과 발로 직접 점검해 보며 움직였다. 일엽 자신을 위해서가 아니라 그를 뒤따르는 조원들의 안전을 생각해서였다.

일엽을 뒤따라 백 장 정도 그렇게 전진하자 조원들도 어느덧 낙화교 보행에 익숙해졌다. 구중섭과 천이적은 걷는 도중에 고개를 돌려 선후배 포교의 농을 즐기는 여유까지 부렸다.

조원들 중, 낙화교 보행을 함에 가장 많이 긴장된 모습을 보이는 이는 송태원이 아니라 담사연이었다. 낙화교 구간이 그의 보행을 힘들게 하는 것은 물론 아니었다. 그는 걸음 중에 절벽 상단과 뒤를 자주 돌아봤다. 딱 꼬집어 이것이라고 말할 수는 없지만 태사벽을 지나온 이후로 무언가가 척룡조를 계속 따라붙고 있었다. 혈마는 그 대상에 포함되지 않았다. 그의 감지에 걸리는 것은 개인이 아닌 집단의 움직임 같은 것이었다.

까아악.

검독수리 한 마리가 낙화교 절벽을 타고 날아간다.

그는 검독수리를 살펴보곤 눈매를 좁혔다.

태사벽에서도 저 검독수리를 보았다.

그때는 절벽에서 흔히 볼 수 있는 맹금류이기에 대수롭지 않게 생각했는데 이곳에서 다시 보니 그게 아니었다. 척룡조의 위치를 파악하고자 누군가 의도적으로 날려 보낸 것 같았다.

그는 칠채궁을 검독수리에 조준하고 속뇌전을 쏘았다.

팟!

속뇌전에 관통된 검독수리는 그 즉시 절벽 아래로 추락했다.

"왜 그러시오? 무슨 일이 있는 거요?"

그가 난데없이 날짐승을 격추시키자 조원들이 그를 뒤돌아봤다.

그는 대답 대신 칠채궁에 쇠뇌전 일곱 발을 모두 장전했다. 그런 다음 혈선표와 탄지금, 적멸기선을 바랑에서 꺼내어 신체에 하나하나 장착했다.

"담 형, 지금 혹시?"

송태원이 찜찜한 심정으로 물었다. 전투 무장하는 담사연의 모습을 화문당에서도 본 적이 있다.

"내가 틀렸기를 기원하십시오."

담사연의 말에 송태원은 아연한 얼굴로 변했다. 걷는 것도 버거울 정도인데 이런 곳에서 전투가 벌어진다면 그야말로 암담하다. 공격은 고사하고 방어도 제대로 할 수 없을 것이다.

콰르르릉!

불안한 심정에 덧칠하듯 절벽 상단에서 암반이 무너지는 것 같은 소리가 갑자기 들려왔다. 잠시 후, 부서진 암반이 조원들의 머리 위로 쏟아져 내렸다. 쏟아지는 암반 중에서 어떤 것은 거의 집채만 한 크기였다.

"모두 절벽에 바짝 붙으세요!"

그의 말에 조원들이 보행을 중단하고 절벽에 몸을 붙였다. 낙화교 구간에는 피할 곳이 없으니 그나마 이게 유일한 대응책이었다.

무너진 암반은 다행히 조원들의 위치를 한참 벗어났다. 조원들은 긴장한 심정으로 절벽 상층부를 올려다봤다. 암반 사태가 자연적인 현상이 아님을 알고 있는 것이다. 아니나 다를까, 절벽 상단에서 까만 점들이 나타난다 싶더니 아래로 빠르게 내려왔다.

"세상에! 저것들은 대체 뭐야!"

절벽에서 내려오는 것은 사람이었다. 정확히 표현하면 흑의무인들이 몸에 줄을 묶은 특수한 장치를 이용하여 절벽 상층부에서 달려오고 있었다.

"창웅단이에요! 우리가 발각된 모양이에요!"

유연설이 그들의 정체를 확인해 주었다.

산악 전투에 특화된 무인들.

절벽을 평지처럼 달려오는 이런 모습은 보통의 훈련으로는 어림도 없다.

"하앗!"

일엽이 낙화교의 난간을 박차고 절벽 상층부로 솟아올랐다. 대적 거리가 가까워지자 일엽은 검을 빼 들어 길게 베어 냈다. 수평선으로 날아가는 검기! 창웅단은 줄을 이용해 절벽을 차올라 일엽의 검기를 피했고, 이어서 일엽의 몸이 하강하자 집단으로 줄을 타고 몰려와 칼을 휘둘렀다.

암벽 전투는 일엽의 무림 인생에서 처음 겪는 일.

일엽은 청성 검법을 평지에서 싸우는 것처럼 자유롭게 발휘할 상태가 되지 못했다.

무엇보다 신체가 하강하는 것을 내공으로 견뎌낼 수 없었다.

요는 검공의 위력이 아니라 싸우는 방식이다.

무엇이 최상의 대응인가.

"하아!"

생각은 잠깐이다.

일엽은 검을 암벽에 꽂으며 절벽의 상층부로 계속 차올랐다.

일엽이 그렇게 대응 수단을 강구하는 사이에 창웅단의 일선은 어느새 낙화교까지 내려왔다.

현재 그들과 싸우는 조원은 담사연이 유일하다.

쑹! 쑹! 쑹! 쑹!

담사연은 칠채궁을 연이어 상층부로 쏘았다.

조준 사격이다.

쇠뇌전은 흑의인들을 정확히 맞추었고, 창웅단 무인들은 그때마다 허공에 대롱대롱 매달린 사체가 되었다.

칠채궁 일곱 발을 전부 소진한 그는 다시 장전하기보다 지주망기를 낙화교 상단에 쏘고는 그 줄을 잡고 창웅단과 마주 보고 섰다. 그런 다음 그는 칠채궁을 어깨 뒤로 돌리고 혈선표를 꺼내 던졌다.

휘리리링!

절벽을 가로지르는 혈선표. 혈선표의 표적지는 흑의무인이 아닌 그들의 몸을 묶은 줄이다. 혈선표가 줄을 끊어내자 낙화교에 접근하던 흑의무인들이 비명을 지르며 절벽 아래로 떨어졌다.

교전 상황에서 잠시나마 한숨을 돌리게 되자 그는 조원들을 내려다보며 소리쳤다.

"척룡조! 낙화교를 어서 벗어나! 선두는 표객, 후방은 암객, 낙오자는 버리고 간다!"

절벽 전투에서 어떻게 대응해야 할지 몰라 교전 상황을 지켜만 보고 있었던 조원들이다. 그의 지시는 조원들이 지금 무엇을 해야 되는지 선명히 알려주었다. 곧 그의 지시에 따라 양소가 선두로 나와 낙화교를 달리기 시작했다. 이제부터 남을 돌볼 여유는 없다. 목숨을 부지하려면 개인의 능력을 최대한 발휘해 낙화교를 벗어나야 한다.

조원들이 낙화교를 달리기 시작하자 창응단이 집단으로 내려왔다. 잠깐 사이에 숫자는 더 많아졌다. 일견해도 백 명은 더 되는 숫자이다. 그는 혈선표를 회수하고 월광을 일으켰다.

"크윽!"

"아악!"

낙화교로 내려오던 무인들이 갑자기 우박 쏟아지듯 집단으로 추락했다.

월광에 당한 것이 아니다.

그의 머리 위에서 발출된 푸른 검광에 의해서이다.

"하아아아!"

일엽이 절벽 상단에서 신검합일의 자세로 날아오며 창응단을 쓸어버리고 있었다.

위에서부터 쓸어버리는 전투 방식.

창응단은 잠깐 사이에 삼십 명도 더 추락해 버렸다.

"여기는 내게 맡기고 자객은 어서 조원들을 따라가라!"

일엽이 그를 지나쳐 아래로 떨어지며 소리쳤다.

그 말과 함께 일엽은 검봉을 낙화교에 찍었다.

티잉!

검날이 휘어진다 싶더니 일엽은 그 반동을 탄력 삼아 다시 독수리가 비상하는 것처럼 하늘로 솟구쳐 올랐다.

일엽의 말을 들은 담사연은 낙화교로 내려와 조원들을 뒤따라 달려갔다. 달려갈 때 그의 머리 위에서는 병장기 부딪치는 소리와 비명이 잇달았다. 낙화교 상단의 절벽에서 일엽이 같이 움직이며 창응단과 싸우고 있는 것이다.

일엽의 저지에 창응단 무인들이 낙화교로 내려오지 못한다고 해서 안심을 놓을 단계는 아니었다. 각종 산악전투에 능한 창응단이었다. 줄을 타는 무인이 아닌 또 다른 무인들이 절벽 전투에 투입될 가능성이 있었다.

"으음."

불안한 생각은 곧바로 현실이 되어 나타났다.

낙화교를 내달리는 조원들의 발아래 절벽에서, 일단의 무인들이 거미처럼 암벽에 달라붙어 올라오고 있었다. 벽호공의 무공 수법이 아니라, 손과 발에 착용한 특수한 장갑과 신발을 이용해 암벽을 능숙하게 타는 모습이었다.

"타앗!"

그들을 발견한 그는 낙화교에서 바로 뛰어내렸다. 뛰어내리는 과정에서 그는 월광을 일으켰고, 그 상태로 암벽을 오르는 무인들을 덮쳤다. 그의 습격은 시작과 동시에 끝이 났다. 월광에 휩쓸린 무인들은 절벽 아래로 떨어졌고, 그는 그 즉시 절벽 상단에 지주망기를 쏘고는 낙화교로 다시 솟아올랐다.

'너무 많아. 일일이 상대하기에는 시간이 부족해.'

상황 파악은 바로 됐다. 적의 일선은 저지했지만, 그가 이른 시간에 모두 막아내기에는 버거웠다. 암벽을 타는 무인들은 이중, 삼중의 대열을 갖추고 낙화교로 올라오고 있었다. 그들이 낙화교로 올라오면 그땐 조원들 모두가 절벽 전투에 나서야 하고, 그 경우 낙화교가 파괴되는 아찔한 상황까지 겪게 될 수도 있었다.

'어쩔 수 없어. 그 사람을 불러야 해.'

대응 수단을 결정하기까지는 오래 걸리지 않았다.

그는 낙화교 전방에 지주망기를 쏘아 줄타기로 조원들을

향했고, 유연설이 눈에 보이자 바로 전음을 날렸다.

[유 노객님, 사객은 어떻게 불러들이지요?]

[초적탄(招赤彈)을 날리면 돼요. 위급한 상황에선 그렇게 하기로 약조가 되어 있어요.]

유연설은 전음을 끝내자마자 붉은 심지가 달린 화탄, 초적탄을 그에게 던졌다.

혈마를 부르겠다는 그의 결정에 유연설도 동의한다는 뜻이다.

초적탄을 받은 그는 절벽 상단으로 올라가 일엽에게 말했다.

"이제부터 이자들은 내가 맡겠습니다. 정객께선 척룡조의 선두에서 길을 열어주십시오."

일엽이 검을 절벽에 꽂아 몸을 멈추곤 그를 쳐다봤다.

"자네 혼자서 가능하겠는가?"

"걱정하지 마십시오. 이런 놈들에게 죽을 운명이라면 독심당주가 나를 이곳으로 보내지도 않았을 것입니다."

일엽이 잠시 묘하게 그를 쳐다보곤 고개를 끄덕였다. 담사연에게 숨은 한 수가 있다고 여기는 것이다.

"알겠네. 하면 여긴 자네에게 맡기고 나는 선두로 나가겠네. 참, 자네의 실력을 못 믿는 것은 아니지만, 저 인간만큼은 조심히 상대하게."

머리를 박박 밀은 칠 척 거한을 일엽이 가리켰다.

얼굴에서부터 머리 꼭대기까지 온통 뱀 문신의 거한.

보는 것만으로도 징그럽기 그지없다.

"창웅방의 삼대 방주였던 학살대부 임북일세. 임북은 무림 활동 당시 인육을 즐긴 것이 발각되어 정사파의 공적으로 무림에서 퇴출된 자이네. 창웅방이 몰락하게 된 계기를 만든 인간이라고 할 수 있지."

일엽은 임북에 대해 간단히 설명한 후에 절벽을 박차고 낙화교로 내려갔다.

"무림의 학살자라……. 재밌는 대결이 되겠군."

일엽이 떠난 이후 그는 별다른 대응을 하지 않고 그 자리에서 임북을 노려보기만 했다. 그러는 사이에 줄을 타고 내려오는 무인들과 절벽 하단에서 올라오는 무인들이 그의 주변에 새까맣게 포진했다.

줄을 잡고 절벽에서 걸어 내려온 임북도 어느새 그의 십 보 앞에 다다랐다.

임북이 말했다.

"쳐 죽일 놈들! 무슨 의도로 이곳에 들어왔는지는 모르겠지만 살아서는 여길 결코 빠져나갈 수 없다."

그는 조소를 머금었다.

"그건 내가 해주고픈 말이군. 당신들은 이제, 살아서는 우릴 쫓아올 수 없어."

"하! 이놈이 제 주제도 모르고 무슨 개소리를!"

임북이 어이없는 심정을 표출했다. 계속 움직이며 싸웠던 일엽과 다르게 담사연은 아무런 대응을 하지 않았기에 현재 완전히 포위된 상태다. 이런 상황에서는 창응단이 자랑하는 절벽대진을 발동할 수 있다.

"내 말이 개소린지 아닌지는 당신이 직접 눈으로 확인해 봐!"

그는 말과 함께 초적탄을 하늘로 던졌다.

쿠앙!

초적탄이 하늘에서 불꽃을 터뜨리던 시점이다.

"카아아아!"

절벽의 하단부에서 사람의 심장을 울렁거리게 하는 괴성이 들려왔다.

"으응?"

임북이 움찔했다. 창응단의 무인들도 동시에 멈칫했다.

"카아아아아아!"

괴성이 다시 한 번 들려왔다. 그러더니 절벽의 하단부에서 홍의인이 십 장 높이씩 펄쩍펄쩍 뛰어올라 왔다. 뛰어오를 때는 합마공이고, 직벽에 달라붙을 때는 벽호공의 수법이다. 잠시 후 홍의인은 모골이 송연해지는 세 번째 괴성과 함께 담사연이 포위된 현장에 당도했다.

"으으!"

십 장 높이를 연이어 뛰어오른 가공할 무력. 거기에다 얼굴에 침을 가득 꽂은 흉측한 모습. 혈마를 접한 창응단 무인들은 자신도 모르게 두려움의 신음을 흘려냈다. 임북의 문신 얼굴은 홍의인의 흉악한 모습에 비교하면 애교 수준밖에 되지 않았다.

"뭐, 뭐야? 공격해! 놈은 혼자야!"

분위기가 심상치 않자 임북이 다급히 공격을 명했다.

"와아아아아!"

임북의 명에 무인들이 일제히 고함을 내지르며 칼을 세워 들었다.

소리를 지른 것은 두려움을 이겨내기 위한 감정의 표출인데 그건 오히려 역효과를 불러왔다.

"크아아아아아!"

무인들의 함성에 응답하듯 혈마가 괴성을 마구 내질렀다. 그러더니 주변의 무인 하나를 재빨리 낚아채어 산 모습 그대로 신체를 종이처럼 찢어버렸다.

"괴, 괴물!"

창응단 무인들은 아연한 얼굴로 함성을 중단했다. 그들의 눈에 보이는 혈마는 인간이 아닌 괴물 그 자체였다.

"카아, 카아!"

창응단이 전의를 상실한 가운데 혈마의 공격이 시작됐다.

절정의 초식?

출중한 신법?

그런 것은 없었다.

혈마는 무림의 도살자란 악명 그대로 손으로 찢고 발로 짓밟으면서 무인들을 무자비하게 처단해 나가고 있었다.

8장

천하제일 군림무제

"무시무시하군. 적이 아닌 게 진짜 다행이야."

담사연은 혈마가 공격에 나선 후에 낙화교로 내려왔다.

혈마의 괴물 같은 모습은 그의 요구에 의해서이다. 혈마가 도착했을 때 그는 최대한 무서운 모습으로 창웅단을 상대해 달라고 전음을 보냈다. 결과는 선인창의 성취가 의심스러울 정도로 혈마는 도살자의 모습을 완벽히 보여주었다.

아무리 적이라고 해도 착한 심성으로 사람을 저렇게 잔인하게 죽일 수 있는 걸까?

뭐가 뭔지 모르는 탓에 혈마에 관한 일은 일단 잊는 것이

속 편하다.

그는 이제부터 전방 상황에만 집중한다는 생각으로 낙화
교를 달렸다. 그런데 의외로 조원들은 그다지 멀지 않은 곳에
서 움직이고 있었다. 무언가에 의해 전방의 길이 다시 막혔다
는 뜻이다.

'혹시 창응비존?'

유연설의 말에 의하면 창응비존이라는 전대의 무인이 창
응단의 단주라고 하였다. 그자에 대해 잘 모르지만 천이적
의 당시 반응으로 보아 상당한 위험스런 무인임은 틀림없었
다.

하지만 그가 가까이 가서 살펴본 전방에는 적들이 보이지
않았다. 조원들의 진로가 막힌 이유는 사람이 아닌 다른 것에
있었다.

낙화교와 벼랑길이 접하는 지점에 흑갈색의 거미줄이 잔
뜩 펼쳐져 있었다. 조원들이 병장기를 휘두르며 전진하고 있
지만 보통의 거미줄보다 수십 배는 더 탄력이 강해 쉽사리 잘
라내지 못하고 있었다. 선두의 일엽조차 이런 것에는 검공이
잘 통하지 않는지 진행 속도가 현저히 느려져 있었다.

그는 조원들의 대열에 합류해 유연설에게 물었다.

"이게 뭐지요?"

"흑면지주의 거미줄이에요."

"흑면지주, 그게 뭐지요? 창응단이 조종하는 놈들입니까?"

"아뇨. 흑면지주는 용문의 지하 암굴에서만 살아가는 절지괴수 중 하나예요. 이제껏 용문 밖으로 한 번도 나온 적이 없었는데 어떻게 된 일인지 나도 잘 모르겠어요."

괴수라는 말에 그는 인상을 찌푸렸다.

험난한 용문 청부.

벼랑길과 전대의 노물들에 이어 이젠 괴수까지 출현하고 있다.

"계속 이렇게 갈 수는 없지 않습니까? 무슨 방도가 없겠습니까?"

"나는 길잡이지, 해결사가 아니에요. 당신이 알아서 하세요."

유연설의 말에 그는 다시 한 번 인상을 구겼다.

안가에서 느꼈던 그녀의 신비스러움이 시간이 지날수록 점점 깨어지고 있었다.

그는 거미줄로 뒤덮인 전방을 잠시 살펴보곤 월광을 일으켰다. 보통의 도검으로는 흑면지주의 거미줄을 잘라내기가 여의치 않다. 그렇다면 일반 검공과 성질이 판이하게 다른 능광검을 사용해 본다는 생각이다.

투투투툭!

결과는 아주 만족스럽다.

월광에 베인 거미줄은 손으로 툭툭 치기만 해도 끊겨 나갈 정도로 탄력을 잃었다.

"햐, 보면 볼수록 대단하네. 손가락에서 어떻게 저런 검이 나오지?"

"일호 자객, 그거 한번 만져 봐도 됩니까?"

조원들은 감탄과 더불어 그의 손가락에서 발출된 능광검을 신기하게 쳐다봤다.

"흐음."

능광검에 관심을 보이는 것은 일엽도 예외가 아니었다. 지난 세월 지수검법을 남모르게 수련했던 일엽이다. 담사연과 친분의 관계였다면 밤을 새워 논검을 해보자고 매달렸을지도 모른다.

하지만 그는 조원들의 이런 관심이 더 불편했다. 그래서 이 어색한 상황을 되도록 빨리 끝내고자, 월광을 초일광으로 바꾸었다.

지지징!

손가락에서 뻗어 나온 금빛의 검.

그가 초일광을 날리자 전방에 펼쳐진 흑갈색 거미줄이 일순간에 탈색되어 축 늘어져 버렸다. 거미줄은 이제 더는 조원들의 진로를 막는 장벽이 되지 못할 것이다.

"와우! 대단해!"

"과연! 조장이야!"

조원들이 일제히 감탄사를 날렸다. 일엽도 이번에는 표정에 드러날 정도로 감탄의 기색을 보였다.

의도와는 다르게 오히려 능광검을 뽐낸 모습이 되어버린 그는 어색한 심정에서 한시라도 빨리 탈피하고자 현장 상황으로 화제를 돌렸다.

"머뭇거릴 시간 없습니다. 어서 이곳을 벗어나야 합니다."

하지만 조원들은 그의 심정을 놀려먹듯 느긋하게 대처했다.

"일당백의 조장이 있는데 뭐가 무섭겠어."

"물론이지요. 우린 그저 조장만 믿고 따르면 되지요."

그는 내심 한숨을 내쉬었다.

친분이 두터워질수록 조원들을 관리하기가 점점 더 어려워진다.

다행이라면, 이 순간 후방에서 암벽을 박박 긁어대는 듯한 음향이 들려왔다는 것이다.

크으, 크으!

조원들이 흠칫하며 뒤돌아봤다.

"헉!"

"뭐, 뭐야! 저건!"

후방에 나타난 대상은 창웅단의 무인들도 아니고 사람도

아니었다.

여덟 개의 다리를 가진 흑색 거미.

송아지에 육박하는 크기에 꼬리 부분의 방적돌기에서는 독성이 역력한 흑갈색의 거미줄을 뿜어내고 있다.

유연설이 놀란 얼굴로 말했다.

"흑면지주예요! 모두 피하세요!"

피하고 말고 할 것이 없다.

흑면지주를 본 조원들은 앞다투어 낙화교 건너편의 벼랑 길로 달려갔다.

달려가면서 그들은 담사연을 향해 합동으로 소리쳤다.

"조장이 책임져!"

후방에 홀로 남은 그는 눈앞으로 다가오는 흑거미를 마뜩 찮게 쳐다봤다.

말로만 들었던 절지괴수.

이런 놈들과는 대체 어떻게 싸워야 하는 걸까.

쉬이이, 쉬이이.

흑면지주가 방적돌기에서 거미줄을 뿜어냈다.

그는 가볍게 피한 다음 칠채궁을 들어 겨누었다. 명색이 무림인이다. 죽이는 방법에 대해 잠깐 고민했지, 괴수 따위에 잡혀 먹힐 걱정은 애초에 하지 않았다.

쑹! 쑹!

흑면지주의 주름진 몸통에 속뇌전 두 발을 연이어 쏘았다. 조금 의외라면 속뇌전에 명중되고도 흑면지주가 그를 향해 다가온다는 것이다. 그는 짜증스런 심정으로 석궁에 강뇌전을 걸고 대가리를 조준했다.

퍼억!

강뇌전이 흑면지주의 머리 중앙에 꽂혀들자 흑면지주는 그 즉시 머리가 쪼개지며 검은 진액을 쏟아냈다. 대가리를 박살 내는 것에는 성공했지만 그는 결과가 만족스럽지 않았다. 머리가 없는 상태에서도 흑면지주가 꿈틀대고 있었다.

"씨!"

그는 단검을 빼 들고 흑면지주의 몸통으로 달려들어 놈의 다리를 직접 잘라냈다. 여덟 개의 다리를 모두 잘라낸 다음에는 단검을 놈의 등에 꽂아 해부하듯 여러 조각으로 갈라냈다.

흑면지주의 꿈틀거림이 멈추던 그 순간이다.

'응?'

무언가가 그의 머리 위에서 감지됐다.

또 다른 괴수가 아니다. 정수리를 천 근의 바위로 내리찍는 것 같은 압력! 무인의 기력 발출이다. 그는 앞구르기를 하듯 눈앞의 벼랑길 바닥으로 몸을 내던졌다.

쿠아앙!

절벽을 뒤흔드는 폭음이 있었다. 그는 혈선표를 꺼내 들고 몸을 되돌렸다. 하지만 표적을 확인했음에도 혈선표는 날리지 못했다. 눈앞의 상황은 그가 예상했던 장면과 한참 어긋나고 있었다.

죽간(竹竿).

머리를 짓누르던 압력을 느꼈기에 장력이 발출됐다고 여겼거늘 폭음이 울렸던 자리에는 길이가 이 장에 육박하는 대나무가 꽂혀 있었다. 그리고 그 대나무 끝에는 이목구비가 뚜렷한 백의 사내가 곡예를 하듯 왼발 하나만으로 밟고 올라서 있었다.

백의 사내가 말했다.

"아이야, 노부의 귀여운 흑앵이를 네가 저렇게 만들었느냐?"

아이? 노부?

백의인에 말에 그는 눈살부터 찌푸렸다. 많이 봐줘도 서른 살이 안 될 것 같은 나이다.

"노부가 묻거늘 왜 대답을 하지 않는 것이냐? 설마 이제 와서 네가 한 짓이 아니라고 발뺌을 하려 드는 것이냐."

더는 들어줄 수 없다. 그는 혈선표를 허공으로 날려 보냈다.

"어른이 말하는데 딴 짓을 하다니 버릇이 없구나."

대꾸할 가치가 없기에 그는 속으로 숫자만 헤아렸다.

하나, 둘, 셋, 넷, 다섯!

숫자 다섯을 헤아릴 시점에서 혈선표가 백의인의 후방에 보이기 시작했다. 회선해서 돌아올 때는 속도가 더 빨라지는 혈선표다. 혈선표는 눈에 포착되던 순간 백의인의 목덜미를 갈랐다.

투웅!

벼랑길에 박힌 죽간이 돌연 좌우로 흔들렸다.

혈선표에 타격된 영향인가?

상황 파악은 금방 이루어진다.

"으음."

백의인은 혈선표에 타격되지 않았다. 타격 직전에 허리를 교묘히 비틀어 혈선표를 피해냈고, 그런 상태에서도 죽간 위에 올라선 자세를 유지했기에 죽간이 좌우로 크게 흔들린 것이다.

흔들리는 장대 위에 올라서 있는 모습.

이건 절대 잔재주가 아니다.

'고수!'

칼을 들고 싸워봐야만 상대의 무력을 알 수 있는 것은 아니다. 그동안 동심구존과도 겨루어봤고, 사중십마와도 싸워봤다. 대적을 앞둔 상태에서 그들 중 어떤 무인도 이 백의인 같은 여유로운 모습은 보여주지 못했다.

백의인이 말했다.

"혈선표를 사용하다니 어리석구나. 혈선표는 절벽으로 한쪽의 공간이 막힌 이런 곳에서는 그다지 위력적인 무기가 될 수 없다."

한눈에 혈선표를 알아보고 있다.

어쩌면 그를 아이라고 불렀던 말이 잘못된 것이 아닐지도 모른다.

군자성의 경우에서 보듯 무림에는 나이를 초월한 고수가 얼마든지 있을 수 있다.

누구인가?

유연설이 말했던 그 창응비존인가?

"참고로 말해주는데 적멸기선도 사용할 생각은 하지 마라. 너는 아래에 있고 나는 위에 있다. 적멸기선은 상단 공격에 취약점을 보이는 암기이다."

내심 적멸기선을 발사하려고 마음먹던 중인데 백의인은 그것을 알아본 것도 모자라 약점까지 귀신같이 파악해 내고 있다.

"호오, 이제 보니 넌 지주망기와 탄지금도 소유하고 있구나. 무림의 보물들을 독식하고 있다니, 참으로 욕심이 많은 아이로구나."

그는 귀로 들려오는 말은 무시하고 백의인의 모습에 안력을 집중했다. 죽간의 흔들림이 멈추면 그 즉시 칠채궁으로 저격할 생각이다.

"어떠냐? 네가 가진 지주망기를 노부에게 넘겨주는 것이. 그리하면 흑앵이를 죽인 행위를 눈감아주마. 다른 것은 필요 없다. 난 사람을 무식하게 살상하는 암기는 거저 준다고 해도 싫다."

말을 하던 사이에 죽간의 움직임이 멈췄다. 표적의 모습도 선명히 눈에 들어온다.

"닥쳐!"

그는 어깨에 걸어둔 칠채궁을 앞으로 와락 돌리며 격발시 켰다.

쑹! 쑹!

쇠뇌전 두 발이 백의인의 얼굴을 향해 날아갔다.

터엉!

백의인이 쇠뇌전을 피해 하늘로 치솟았다.

죽간에 선 자세에서 어떻게 그런 빠른 동작을 할 수 있는지 불가사의할 정도이다.

"고얀 놈! 노부가 베푼 호의를 어찌 그렇게 매정히 무시할 수 있느냐!"

하늘로 치솟았던 백의인이 손바닥을 아래로 활짝 펼쳐 수 직으로 하강했다.

후우웅!

공간의 기운을 확 빨아 당기는 손바닥. 그 손바닥에서 희뿌연 고리가 형성된다.

기력의 고리, 장환(掌環)!

무공의 정체는 모르지만 이것이 장력의 극한 경지라는 것은 직감할 수 있다.

'맞서면 죽어!'

그는 장환을 발출하는 백의인의 모습을 보자마자 전력을 다해 몸을 피했다.

쿠아앙!

백의인의 장환이 벼랑길을 강타했다.

암반이 통째로 갈라지며 절벽 아래로 허물 벗겨지듯 와르르 무너진다.

장환의 충격파에 암벽에 처박힌 그는 이 광경을 보며 넋이 반쯤 나갔다. 예상 그 이상의 끔찍한 위력. 인간의 힘으로 이런 무력을 발휘하는 것이 진정 가능한가.

"노부의 파심장(破深掌)을 피해 내다니 고놈 참 다람쥐 같은 놈이로세!"

장환 발휘 후, 백의인은 허공을 둥실둥실 떠다니는 모습으로 대나무 위에 다시 올라갔다.

그 모습을 본 그는 벌떡 일어나 벼랑길을 내달렸다. 정면 대결로는 도무지 승산이 없었다. 백의인은 이제껏 그가 상대했던 무인들과는 차원이 다른 존재였다. 불가공법이 아닌 일반의 무공으로 군자성보다 더 강한 존재가 있으리라곤 상상도 하지 못했다.

"그냥은 갈 수 없다. 지주망기는 남겨두고 가거라!"

백의인이 장대를 박차고 허공으로 떠올랐다. 대지로는 내려오지 않았다. 백의인은 허공을 쭉쭉 달려가 담사연과의 거리를 단박에 좁혔다.

담사연도 이대로는 도주하지 못한다는 것을 알았다. 그는 화약이 걸린 쇠뇌전을 장전했다. 몸을 돌려 조준 사격을 할 상황이 아니다. 달려가던 자세에서 석궁을 머리 뒤로 올려 시위를 당겼다.

펑! 펑!

강뇌전이 그의 등 뒤에서 연이어 폭발했다.

무언가를 맞추었다는 것을 의미하는 폭발이지만 실제 결과는 실망스러웠다.

"활 솜씨는 제법이지만 산활금의 석궁으로는 노부를 어찌할 수 없도다."

등 뒤에서 바로 들려오는 음성. 타격은커녕 도주의 시간조차 벌지 못했다는 뜻이다.

남은 것은 이제 하나뿐이다.

"하아!"

그는 월광을 일으킨 오른손을 뒤로 돌려 쳤다. 조광생도 바로 이 수법에 타격됐다.

퍽!

둔탁한 충격음과 함께 등 뒤에서 느껴지던 백의인의 기력이 사라졌다.

월광이 통한 것일까?

그는 빠르게 뒤를 돌아봤다.

백의인은 벼랑길에 내려선 자세에서 고개를 갸웃하고 있었다.

월광에 내상을 입은 것이 아닌 무언가를 생각하는 모습이었다.

백의인이 눈을 반짝이며 그를 쳐다봤다.

"양정의 월광은 아닌 것 같고, 혹시 능광의 검법인 거냐?"

암기든 무공이든 보기만 하면 그 내력을 정확히 맞춘다. 백의인의 이런 모습은 놀라움을 넘어서서 이젠 징그럽게까지 느껴진다.

"궁금해서 안 되겠다. 다시 한 번 사용해 보거라."

백의인이 뒷짐을 지고 그를 빤히 응시했다.

무방비 자세다.

그는 월광이 발휘된 손가락을 백의인의 가슴에 쑤셔 넣었다.

"으윽!"

강력한 반탄력에 손가락이 튕겨 나온다. 월광의 빛도 자취를 감춘다. 월광을 사용한 이래 처음으로 겪는 일이다.

"아하! 능광의 검이 맞구나! 불가공법을 접하게 되다니 오늘은 실로 노부에게 큰 행운이 있는 날이로다. 자, 아이야. 이제부터 진짜로 겨뤄보자!"

그는 인상을 구겼다. 무공의 수준을 떠나서 도무지 정상적인 인간 같지가 않다.

"씨! 싸우기는 뭘 싸워!"

그는 짜증을 왈칵 토하며 눈앞의 백의인에게 적멸기선을 발사했다. 적멸기선의 칼날이 백의인의 신체를 뒤덮을 때 그는 뒤돌아 벼랑길을 달렸다. 등 뒤에서 기력이 파동을 치고 있다. 백의인이 뒤따라오며 장환을 날리고 있는 것이다. 그는 달리던 중에 망혼보를 극성으로 발휘했다. 장환에 타격되는 위험은 넘겼지만 그의 이런 대응은 백의인의 흥미를 더욱 자극시켜 버렸다.

"오오! 망혼보까지! 넌 정말로 하늘이 노부에게 준 복덩이로다!"

그는 칠채궁을 다시 들었다. 표적은 백의인이 아닌 전방의 암벽이다. 갈라진 암벽을 찾아서 화약이 걸린 강뇌전을 모조리 발사했다. 달리던 중에 폭음이 잇달았고 잠시 후, 암벽이 파괴되며 연쇄적인 암반 사태를 일으켰다.

암반 사태로 인해 그가 지나온 벼랑길은 십 장 넘게 끊어졌다. 도주의 시간을 확보했다고 판단한 그는 전력을 다해 벼랑길을 내달렸다. 삼백 장이 넘는 거리를 그렇게 달려가자 앞서 간 조원들이 눈에 보이기 시작했다.

조원들의 사정도 현재 그다지 좋지 않았다. 전방의 벼랑길은 창웅단의 무인들로 가로막혔고 일엽과 양소가 길을 뚫고자 선두로 나가 그들과 싸우고 있었다. 길이 협소한 관계로 나머지 조원들은 후방에서 전투 지원을 하고 있었다.

그가 현장에 도착하자 후방의 구중섭이 불만 어린 어조로 말했다.

"조장, 그깟 거미 하나 잡는 데 무슨 시간이 그렇게 오래 걸립니까?"

송태원도 구중섭의 불만에 편승했다.

"담 형이 편하게 오는 동안 우리가 얼마나 고생을 한 줄 아십니까?"

"하!"

편하게 왔다니?

담사연은 기가 막히는 심정이다.

그는 속 터지는 심정을 꾹꾹 눌러 참고 유연설에게 물었다.

"용문에 죽간을 타고 다니는 무림인이 있습니까?"

"네? 죽간?"

유연설이 멈칫하는 반응을 보였다. 느낌으로 유연설도 그 자에 대해 알고 있는 것 같았다.

"그자가 창응비존입니까?"

"아니요. 창응비존은 지금 저기에 있어요."

대답과 함께 유연설이 일엽과 싸우고 있는 백발의 장년인을 가리켰다. 일엽의 검공을 외수공권으로 막아내고 있는 모습. 보통의 고수가 아니라고 판단되지만 그는 워낙에 괴물 같은 인간을 상대한 터라 장년인의 무력에 그다지 관심이 기울지 않았다.

"하면 그자는 대체 누구입니까?"

"일호 자객이 물어보는 그 사람이 혹시, 백의를 입은 청년의 모습이 아니던가요?"

"맞습니다. 외모는 이십 대 초반으로 보이는데 말투를 보면 백 살도 더 먹은 노인 같더군요."

"그 사람은 지금 어디에 있죠?"

"길이 하나뿐이니 곧 이곳으로 올 겁니다."

"맙소사! 우린 당장 여길 달아나야 해요."

유연설이 도망이라고 말하며 다급히 주변을 두리번댔다. 하지만 전방이 막혀 있으니 탈출로가 있을 리 없다.

그는 유연설의 모습을 보며 다시 물었다.

"그 사람은 누구죠? 대적을 하더라도 정체는 알아야 하지 않겠습니까?"

"대적은 불가능해요. 그는 군림무제 진막강이에요."

"누구? 진막강?"

그가 고개를 갸웃할 때 구중섭이 깜짝 놀란 반응을 보였다.

"군림무제? 그건 말도 안 되는 소리요!"

천이적도 구중섭과 같은 반응을 보였다.

"노객께선 정말 노망이 드신 거요? 백골도 남아 있지 않을 역사 속의 인물이거늘 어찌 그 사람을 거론한단 말이오."

유연설은 단호히 말했다.

"군림무제 진막강이 틀림없어요. 용문에 있을 때 한동안 나와 같이 지냈어요."

"……"

그녀의 단언에 구중섭과 천이적이 동시에 입을 다물었다. 너무나 엄청난 현실 앞에 할 말조차 잊어버린 것이다.

그는 천이적에게 물었다.

"관주님, 진막강이 누구죠?"

"군자성의 사부, 백오십 년 전의 천하제일인이지."

"백오십 년 전이라고요?"

구중섭은 한 술 더 떠서 말했다.

"그건 진막강이 무림에서 한창 활동할 때의 이야기지요.

진막강의 실제 나이는 이백 살에 육박합니다."

"으음."

이백 살의 노물.

이걸 대체 어떻게 받아들여야 하는가.

그가 그렇게 아연한 심정에 처해 있을 때였다.

콰아아아아!

벼랑길 후방에서 암석 파편으로 소용돌이치는 기력 폭풍
이 몰려왔다.

음성도 같이 들려온다.

"고약한 놈! 노부를 버려두고 혼자 가다니! 용서하지 않으
리라!"

휘이익!

소용돌이 기파 속에서 사람보다 먼저 죽간이 날아와 벼랑
길에 꽂혔다.

그다음으로 백의인이 허공을 획획 건너뛰어 죽간 위에 올
라섰다.

"아! 군림무제!"

진막강은 서른아홉 살에 소림사의 십팔나한진을 깨뜨리고
천하제일고수의 자리에 올랐다. 무당파의 태극검진을 십 보
만에 격파한 일, 사파 최강이라 일컬어지던 무산궁을 재기가
불가능하도록 뿌리까지 궤멸시킨 사건 등 그 시절 진막강의

일화는 살아 있는 무림 신화와도 같았고, 그래서 어지간한 무림 단체는 진막강의 모습을 그린 그림 한두 점은 소장하고 있었다.

조원들이 장대에 올라선 백의인을 보며 탄성을 토한 것은 무림에 떠도는 진막강의 청년 시절 초상과 지금의 모습이 판박이처럼 같았기 때문이다.

진막강이 조원들을 돌아보며 말했다.

"오호, 친구들에게 도움을 청하려고 온 모양인데 그건 헛수고일 뿐이다. 지금부터 저놈과 나의 거래가 끝나기 전에는 이 자리에 있는 누구도 움직일 수 없다."

진막강이 손바닥을 펼쳐 가볍게 흔들었다. 그러자 조원들을 가운데에 두고 벼랑길이 좌우로 쩍 갈라졌다. 무형 장력으로 지형까지 갈라놓는 위력. 진막강이 조금만 더 내력을 발휘한다면 조원들이 올라선 벼랑길은 절벽 아래로 무너져 버릴 것이다.

담사연은 현 상황을 눈에 보이는 그대로 받아들였다.

진막강을 상대로 암습은 가능하지 않다.

척룡조가 합심해서 공격한다고 해도 승산은 없다.

이 위기를 벗어날 유일한 방법은 진막강이 말한 거래뿐이다.

진막강은 집요하다 싶을 정도로 지주망기에 집착하고 있다.

왜인가?

그는 진막강과 거래에 나서기 전 유연설에게 전음을 보냈다.

[용문에서 진막강은 어떤 존재입니까? 그도 군자성의 조종을 받습니까?]

[아니요. 진막강을 통제할 사람은 이 세상 어디에도 없어요. 실은 군자성도 진막강의 처리를 두고 오랜 시간 골머리를 앓아왔어요. 용문에 두자니 조직에 분란이 생기고, 그렇다고 용문 밖으로 내치자니 진막강이 무슨 짓을 할지 몰라 두려웠던 거죠.]

[진막강의 능력이라면 군자성이 악인권을 성취한 악인이라는 것을 알 터인데 왜 용문을 나오지 않았던 거지요?]

[현재의 진막강을 천하제일고수였던 예전의 그 진막강으로 생각하시면 안 돼요. 둘은 같은 사람이지만 사고방식이 한참 달라요.]

[구체적으로 어떤 점에서 다르죠?]

[지금의 진막강은 정신적으로 문제가 있어요. 군자성이 진막강을 재활시키는 과정에서 뇌의 일부분을 잘라냈는데 그 때문에 직관력만 남고 무언가를 깊이 생각하고 추론하는 사고력은 상실되어 버렸어요. 단편적인 생각만 할 수 있다는 거죠.]

[아!]

[그렇다고 바보 멍청이로 여기시면 절대 안 돼요. 깊은 생각을 하지 못하는 대신 직관력이 엄청나게 발달한 진막강이에요. 그 때문에 군자성도 진막강을 이용해 무림을 장악한다는 계획을 꺾어야만 했어요.]

[알겠습니다. 하면 제가 진막강과 거래를 하는 동안 군자성과 진막강 사이에 벌어진 일에 대해 좀 더 자세히 전음으로 알려주세요.]

정신적인 문제.

흑면지주의 죽음을 두고 진막강과 부딪쳤을 때, 진막강은 압도적인 무력에 어울리지 않는 허술한 모습을 자주 보였다. 유연설의 말을 들어보니 진막강이 그때 왜 그런 모습을 보였는지 이해가 되고 있었다.

그는 진막강을 쳐다보며 물었다.

"흑앵이를 죽인 대가로 지주망기를 달라고 하셨는데 그 이유를 먼저 알아봐야겠습니다. 지주망기를 어디에 사용하려고 하십니까?"

그가 거래에 나서자 진막강은 흡족한 듯 장대 위에서 몸을 가볍게 흔들었다.

"낚시를 하고자 낚싯대를 하나 마련했는데 아무리 찾아봐도 용문에는 쓸 만한 낚싯줄이 없더구나. 지주망기의 천잠사는 쇠줄보다 더 질기고 탄탄하니 노부의 낚싯줄로 그것만큼 좋은 것이 또 어디에 있겠느냐."

진막강과 대화를 하는 과정에서 유연설의 전음도 같이 들려왔다.

[진막강은 생애 말년에 삼화취정, 오기조원의 무학 경지를 넘어서서 반로환동의 경지에 근접해 있었죠. 반로환동의 경지에 이르기까지 진막강에게 부족했던 것은 오직 시간뿐이었는데, 죽기 전에 거기까지 성취하고자 했던 욕망으로 인해 진막강은 그만 주화입마에 빠져버렸어요. 진막강의 제자였던 군자성은 그때부터 스승의 주화입마를 고쳐 보려고 용의 피, 용혈을 찾아서 천하를 떠돌았죠. 그 시절의 군자성은 사부를 지극 정성으로 모시던 착한 제자였던 거죠.]

"천잠사로 낚싯대를 만들어서 무엇을 잡으려고 하십니까?"

"용문에 인간을 홀리는 사악한 뱀 한 마리가 있다. 그 뱀을 잡을 작정이다."

"뱀 한 마리 잡는 데 천잠사와 장대가 필요합니까? 낚싯대가 너무 커서 뱀을 잡는 데 오히려 방해가 될 것입니다."

"실은 이것도 작다. 노부가 아닌 다른 사람이 그 뱀을 낚으려면 지금 이 장대보다 백 배는 더 커야 한다."

[일호 자객도 알고 있듯 군자성은 천운으로 용문에 들어왔

어요. 군자성이 찾던 용혈도 물론 용문에 있었지요. 군자성은 진막강을 용문으로 옮겨와서 용혈에 담갔고, 그때부터 진막강은 주화입마에서 빠져나오고자 용혈 속에서 연공을 하며 오랜 세월을 보냈게 되었죠. 하지만 스승을 살리겠다는 군자성의 순수한 심정은, 악인권을 성취한 후 크게 변질되었어요. 진막강을 자신의 꼭두각시로 만들어서 무림 정복에 나서겠다는 거죠. 그렇게 해서 군자성은 진막강의 뇌를 잘라냈는데, 그 시술은 구룡족을 해치겠다는 군자성의 협박에 못 이겨 내가 했어요. 군자성이 예상 못한 점이라면, 뇌를 잘라냈음에도 진막강이 바보가 되지 않았다는 것과 주화입마에서 벗어난 진막강이 반로환동은 물론이요, 동봉조극의 경지를 넘어 무극활인의 경지까지 올랐다는 거예요. 무극활인은 인간의 무공으로 이룰 수 있는 최고 경지예요. 그 이상의 경지는 신의 영역이죠. 무신이 되어버린 진막강을 군자성은 통제할 수가 없었어요. 진막강 스스로 혀를 물지 않는 한 죽이는 것도 불가능해요. 그래서 그 후로 군자성은 진막강의 처리를 두고 이러지도 저러지도 못해 골머리를 앓아왔지요.]

유연설의 전음이 끝났다.

진막강은 직관력이 대단하긴 해도 단편적인 사고만 할 수 있다.

그는 현 상황의 맥락을 그렇게 이해하고 진막강에게 말

했다.

"알겠습니다. 지주망기를 당신에게 넘겨주겠습니다. 다만 그전에 저에게도 조건이 있습니다."

"조건이란 것이 뭐냐?"

"우리는 이 길을 통해 용문으로 들어가려 합니다. 한데 창웅단이 아까부터 우리의 길을 계속 막고 있습니다. 당신이 무공으로 저들을 물리쳐 준다면 그때 지주망기를 내어드리겠습니다."

그는 진막강의 직관력을 흩트리고자 두 개의 사안을 교묘히 섞어서 말했다. 앞으로 이어질 대화에서도 그런 화술을 사용할 것이다.

진막강이 전방의 벼랑길을 쳐다보고는 잠시 망설였다.

"저들은 내 제자의 수하다. 노부가 저들을 공격하면 제자가 내게 무척 화를 낼 것이다."

"할 수 없죠. 하면 나도 지주망기를 줄 수 없습니다. 참, 강제로 뺏을 생각은 하지 마십시오. 당신이 그런 행동을 하려들면 그 즉시 능광검으로 지주망기를 녹여 버릴 것입니다."

"허, 그것참."

진막강이 갈등의 모습을 보이다가 그에게 다시 물었다.

"용문에는 왜 들어가려고 하느냐?"

"그건 당신과 뜻이 같습니다. 우리도 뱀을 잡으려고 용문으로 들어갑니다."

"뱀이라고, 정말이냐?"

진막강의 반응에 그는 내심 쾌재를 불렀다.

이게 진짜 낚시다.

진막강이 낚였다는 것은 표정만 봐도 알 수 있다.

"어떡하시겠습니까? 우리와 거래를 하시겠습니까?"

"길만 열어주면 되느냐?"

"저들이 우리를 따라오지 못하도록 일각 동안 막아주는 것
도 거래에 추가하지요. 할 수 있겠습니까?"

"물론이지."

진막강이 고개를 끄덕이곤 장대에서 내려왔다. 진막강은
곧, 전방의 벼랑길을 향해 두 손을 펼쳐 원을 그리듯 아래위
로 움직였다.

후우우웅!

손바닥에서 아지랑이처럼 피어오르는 경력. 경력의 여파
에 벼랑길이 들썩이더니 주변의 절벽 전체가 진동하기 시작
했다. 절벽의 진동이 너무 심해 서 있기도 힘들게 되자 조원
들은 바닥으로 몸을 숙여 진막강의 움직임을 주시했다.

"오오옵!"

진막강이 웅후한 음성을 터뜨리며 손을 앞으로 뻗어냈다.
그 순간 미증유의 기파가 벼랑길 전방으로 휘몰아쳤다. 오래

전 진막강이 십팔나한진을 격파할 때 사용했던 바로 그 파심격화장이다. 진막강이 무극활인의 경지에 오른 만큼 파심격화장의 위력은 그때보다 서너 갑절은 더 강하다.

콰콰콰콰콰!

파심장은 전방의 모든 것을 일거에 쓸어버렸다. 벼랑길의 암반은 뒤집히거나 깨어져서 허공으로 날려갔고, 전방에서 싸우던 인간들은 파심장에 쓸려 나가지 않고자 전원 절벽에서 뛰어내려 암벽에 달라붙었다. 일엽과 창응비존도 이런 모습에선 예외가 아니었다.

"이건 인간의 무공이 아냐."

파심장의 위력에 구중섭이 넋 나간 음성을 중얼댔다. 다른 조원들도 구중섭의 심정과 별반 다르지 않았다. 그나마 담사연은 진막강의 파심장을 먼저 겪어보았기에 사태 수습에 빠르게 나설 수 있었다.

"자, 척룡조, 어서 갑시다!"

말과 함께 그가 먼저 벼랑길을 달려갔다. 조원들도 다급히 그의 뒤를 따라붙었다.

진막강이 말했다.

"이놈아, 그냥 가면 어떡하느냐?"

그는 달리던 중에 지주망기를 풀었다. 오랫동안 소지한 암기였기에 아까운 심정이 들지만 이것을 넘겨주지 않고서는 여길 빠져나간 수가 없었다.

"일각의 약속도 지켜주리라 믿겠습니다."

그는 지주망기를 등 뒤의 하늘로 던졌다. 그런 다음 벼랑길 외곽 선상으로 달리며 절벽에 매달린 양소와 일엽에게 소리쳤다.

"지금 떠납니다. 표객과 정객도 어서 합류하세요."

양소와 일엽이 허공으로 떠올라 벼랑길에 올라섰다. 조원들이 그들의 옆을 와르르 지나갔다. 양소는 곧바로 따라붙었고, 일엽은 후방의 진막강을 잠시 쳐다본 후에 조원들을 뒤따라 달려갔다.

"놈들을 막아! 용적암으로 보내서는 안 돼!"

창응비존이 벼랑길에 올라왔다.

파심장을 피해 사방으로 흩어졌던 창응단의 무인들도 벼랑길에 다시 모여들었다. 하지만 그들은 척룡조를 뒤따라 달려갈 수 없었다.

죽간.

그들의 앞에 진막강의 죽간이 꽂혀 있었다.

진막강이 죽간으로 길을 막은 이유는 하나다.

자신의 허락 없이는 척룡조를 쫓아가지 말라는 거다.

창응비존이 장대를 올려다보며 말했다.

"진 선배, 지금 뭐하자는 거요?"

"……."

장대 위의 진막강은 창응비존을 내려다보기만 할 뿐 대답하지 않았다.

"우리의 일을 방해한다면 용문의 문주께서 진 선배를 가만두지 않을 거요. 자, 어서 길을 열어주시오."

"……."

진막강이 여전히 소가 닭 보듯 쳐다보기만 하자 창응비존은 얼굴을 붉혔다. 진막강에 비할 바는 아니지만 창응비존도 살 만큼 살았고, 무림 명성도 누구 못지않게 날렸다.

"지금 나를 무시하는 거요? 이제까지는 문주님의 얼굴을 봐서 모른 척해 주었지만 계속 이러시면 나도 더는 참지 않겠소!"

진막강이 심드렁한 얼굴로 입을 열었다.

"그래서 뭘 어쩔 건데?"

"으음."

창응비존의 반발은 거기까지였다. 창응비존은 숨만 그렁그렁 내쉴 뿐, 진막강과 눈도 마주하지 못했다.

그렇게 시간이 흘러 일각이 지나자 진막강이 장대에서 내려와 말했다.

"됐다. 이제부터는 너희 마음대로 해도 된다."

진막강의 허락이 떨어지자 무인들이 용적암 방향으로 와

르르 달려갔다. 그런데 창응비존이 마지막 순번으로 죽간을 지나가려고 하자 진막강이 다시 제지했다.

"잠깐! 넌 거기 서!"

진막강은 창응비존의 왼손을 묘하게 쳐다보고 있었다.

창응비존의 왼손은 사람의 손이 아닌 금빛의 갈고리손이다. 창응방주로 활동하던 시절에 화산파의 장문인에게 손이 잘려 그곳에 금구(金鉤)를 박아둔 것이다.

창응비존이 딴에는 진막강을 노려보며 물었다.

"뭐요? 내게 전할 말이 따로 있는 거요?"

"너도 노부와 거래를 해야겠다."

"그게 무슨 소리요? 내가 왜 선배와 거래를 한단 말이오? 난 선배가 탐낼 만한 무림의 보물을 가지고 있지 않소이다."

"있다. 너의 왼손에 달린 그거! 노부는 그게 너무 너무 필요하다."

"왼손?"

왼손의 갈고리는 창응비존이 실제 손 못지않게 오십 년도 넘게 애지중지해 왔다.

창응비존은 뒤틀리는 심정을 꾹꾹 눌러 참고 물었다.

"대체 이것을 가져다가 어디에 쓰시려고 하는 거요?"

"낚싯대와 낚싯줄을 구하고 보니, 낚싯바늘이 없구나. 네 손에 달린 그것이라면 아주 훌륭한 낚싯바늘이 되겠어. 어때,

노부에게 주겠느냐?"

"쓰벌!"

창응비존의 얼굴이 걸레처럼 구겨졌다.

그의 왼손 갈고리가 고작 낚싯바늘 대용이다.

창응비존의 무림 인생에서 이보다 더 수치스러운 일은 없다.

9장

용문 입궁

　벼랑길 횡단의 종착지, 용적암에 다다랐다.

　용적암의 높이는 거의 삼백 장.

　용적암의 백 장 건너 맞은편에는 붉은 토양과 검은 암석의 산, 흑적산이 위압적인 형태로 솟아올라 있다. 멀리서 본 흑적산과 가까이에서 본 흑적산은 분위기에서부터 완전히 다르다. 산의 허리에는 운무가 자욱이 깔려 있고, 높고 가파른 산의 정상에서는 잿빛의 연기가 쉼 없이 피어오른다. 위압적인 산의 형태는 보면 볼수록 괴기스러워 쳐다보고 있노라면 등골이 괜히 서늘해진다.

"이러고 있을 시간 없어요. 창응단이 곧 몰려올 거예요. 용문으로 어서 들어가야 해요."

유연설이 조원들을 용적암 아래의 절벽 끝으로 불러 모았다. 그곳에는 흑적산까지 경사지게 이어진 굵은 동아줄이 있었다.

동아줄을 본 조원들은 막막한 한숨을 흘려냈다.

외줄 아래로 자욱하게 흐르는 구름.

보는 것만으로도 아찔한데 무슨 재주로 줄을 타고 건너갈 수 있을까.

다행이라면 유연설이 말한 줄타기가 조원들의 생각과는 다른 의미의 줄타기라는 것이다.

유연설이 후리보를 풀어 바퀴가 달린 쇠고리를 바닥에 쏟아냈다.

"이건 소활차(小滑車)라는 줄타기 장치예요. 이것을 하나씩 줄에 걸고 흑적산으로 건너가세요."

"아하!"

조원들이 그제야 안심하는 모습을 보였다.

산악민들은 협곡 사이의 늪지대나 강을 건너갈 때 양쪽 지역에 줄을 연결해서 활차를 걸고 이동한다. 아득하게 높다는 점만 문제가 될 뿐, 활차를 사용한다면 흑적산까지 줄을 타는 것은 어렵지 않다.

"활차를 사용해 본 경험이 있으니 내가 먼저 타겠습니다."

양소가 소활차를 줄에 걸고 맨 앞으로 나섰다. 양소는 조원들의 주목 속에서 활차의 손잡이를 잡고 벼랑을 힘껏 박찼다. 양소의 하중에 출렁대는 동아줄. 곧 이어서 흑적산 방면으로 쏜살같이 내려가는 양소의 몸. 조원들은 구름 속에 잠기는 양소의 몸을 보며 탄성을 흘려냈다. 삼백 장 높이의 줄타기. 인생에서 이런 짜릿한 경험을 언제 다시 해볼 수 있을까.

아쉬운 점은 조원을 하나씩 보내며 감탄하고 있을 만큼 상황이 여유롭지 않다는 것이다. 양소가 줄을 타던 시점에 맞추어 창응단의 무인들이 용적암 앞의 벼랑길로 들어서고 있었다.

"자, 시간이 촉박하니 모두 한꺼번에 타세요."

유연설이 먼저 줄을 탔고, 이어서 천이적과 구중섭, 송태원이 차례로 활차를 줄에 걸고 절벽을 박찼다. 남은 사람은 일엽과 담사연. 담사연은 일엽에게 먼저 가라고 눈짓을 보냈다.

"제 걱정은 마시고, 정객께서 먼저 타십시오."

일엽이 소활차를 줄에 걸며 담사연을 쳐다봤다. 먼저 보내려는 이유를 모르지 않는다. 창응단이 줄을 끊는 행위를 막기 위해서 가장 늦게 남아 줄을 타려고 하는 것이다.

"이름이 담사연이라고 했는가? 이번 청부가 끝나면 청성파로 나를 찾아오라. 너에게 하고픈 말이 있다."

이전보다 한결 부드러워진 어조. 일엽은 그 말을 끝으로 절 벽에서 뛰어내렸다.

일엽이 떠난 후 창응단이 용적암으로 올라왔다.

담사연은 소활차를 동아줄에 걸어놓은 다음, 석궁을 들어 무인들을 향해 연이어 쏘았다. 적을 죽이는 목적이 아닌, 조 원들이 흑적산에 무사히 도달할 시간을 주기 위한 일종의 엄 호 사격이었다.

일곱 발을 모두 쏜 다음 쇠뇌전을 다시 장전하려고 할 때였 다. 무인들의 후방에서 백발의 장년인이 피풍의를 휘날리며 무섭게 달려왔다. 발이 땅에 닿지 않는 극상승의 경공. 장년 인은 그의 눈에 띄는 순간, 앞선 무인들을 훌쩍 뛰어넘어 동 아줄이 위치한 곳까지 단숨에 다다랐다.

'창응비존 등사평!'

등사평을 본 느낌은 새로웠다. 앞전에는 진막강과 비교되 어 상대적으로 약해 보였는데 실전 상황에서 막상 대면해 보 니 무인으로서의 존재감은 혈마나 일엽과 별반 차이가 없었 다.

'하나 이미 늦었어!'

그는 등사평을 마주 본 자세에서 소활차를 잡고 뒷걸음으 로 절벽을 박찼다. 소활차가 동아줄에 쭉 미끄러지며 그는 흑 적산 방면으로 쏜살같이 내려갔다.

"홍! 감히 누구 앞에서!"

동아줄을 끊는 것과 추격.

두 가지 중에서 등사평의 결정은 후자였다.

등사평은 왼손의 갈고리를 활차에 걸고 담사연을 뒤따라 곧장 줄을 탔다.

마주 보고 줄을 타는 두 사람.

흑적산으로 향할수록 가속도가 붙어 속도는 점점 빨라진다. 담사연이 먼저 구름 속으로 스며들고 이어 등사평도 구름 안으로 들어간다.

구름 속에서 빠져나왔을 때 둘의 거리는 삼 장 안쪽으로 좁혀져 있었다. 무공으로 인한 속도 차이가 아니다. 등사평의 활차가 더 성능이 좋았기에 거리가 좁혀진 것이다.

일 장까지 추격이 되자 등사평이 유성모(流星矛)를 꺼내 들었다. 유성모는 찌르기 공격에 특화된 자병(刺兵). 유성모를 아래로 툭툭 흔들자 날카로운 쇠침이 길게 뽑혀 나왔다. 등사평은 뽑혀 나온 유성모의 쇠침을 담사연의 가슴에 곧장 내질렀다.

한 손 줄타기.

피할 공간도 없고 방어 수단도 마땅히 없다.

멈칫하던 담사연이 문득 오른손의 다섯 손가락을 활짝 펼쳐 앞으로 내밀었다.

"미친!"

등사평이 그 모습을 보곤 조소를 날렸다.

단목(檀木)을 쉽게 관통하는 유성모이다. 지금은 내공까지 실렸기에 철판도 능히 뚫는다. 유성모를 잡으려 들다가는 손바닥부터 가슴까지 통째로 관통되고 말 것이다.

반전은 한순간이다.

콱!

"어?"

유성모가 담사연의 손에 너무도 쉽게 잡혔다. 그뿐만이 아니라 그의 손에 잡힌 유성모가 엿가락 부러지듯 툭 끊어져 버렸다.

등사평의 심정은 아연함 그 자체다. 손바닥이 뚫리지 않은 것은 둘째치고 백년한철로 만들어진 유성모가 부러졌다. 금강불괴의 손이 아니고서 이게 진정 가능한 일인가?

하지만, 등사평이 진짜로 놀랄 일은 그다음에 벌어졌다.

유성모 조각을 손에 잡은 담사연이 등사평을 보며 묘한 미소를 머금었다.

무슨 의미인가?

진의를 몰라 등사평이 눈살을 찌푸릴 때 담사연의 오른손이 동아줄로 향했다.

무슨 뜻인지 이젠 알 수 있다.

등사평은 눈을 부릅떴다.

"안 돼! 그건!"

쓱!

동아줄이 끊겼다.

담사연을 뒤쫓던 등사평, 그 뒤에서 활차를 타고 내려오던 창응단의 무인 전부가 끝이 안 보이는 바닥으로 떨어졌다. 동아줄을 끊은 담사연도 상황은 마찬가지인데 추락하는 이들과 다른 점이 있다면 줄이 끊기던 그 순간, 그의 모습이 홀연히 사라져 버렸다는 것이다.

"안 돼!"

"오! 맙소사!"

줄이 끊기는 장면은 흑적산에 먼저 도착한 조원들도 모두 보았다. 놀랍고 끔찍하고 암담한 현실이지만 이 순간 조원들이 그를 도와줄 방법은 아무것도 없었다.

"아아, 바보 같은 사람! 어찌 그런 무모한 짓을!"

송태원이 눈물을 글썽였다.

줄은 담사연이 스스로 끊었다. 조원들을 보호하기 위해 그랬다는 것을 알지만 그건 어리석은 짓이었다. 중간 지점에서 줄이 끊어졌기에 최소 백 장이 넘는 높이였다. 그 높이에서 추락하면 날개가 없고서는 생명을 보존하기 어려웠다.

송태원의 말 이후 조원들은 무거운 침묵에 빠져들었다. 용문에 들어가 보지도 못하고 조장을 잃었다. 그 비통함과 허탈한 심정을 어찌 말로 다 표현할 수 있을까. 조원들이 그렇게 단체로 공황 상태에 빠져 있을 때였다.

"으으으."

그들의 뒤편, 동아줄이 묶여 있던 암벽 아래에서 신음성이 들려왔다.

조원들이 흠칫하는 심정으로 뒤돌아보니 천만뜻밖으로 담사연이 그곳 앞에 퍼질러 앉아 있었다.

"담 형!"

송태원이 기쁘고 놀란 심정으로 한달음에 뛰어가 담사연을 부축했다.

조원들도 담사연의 주변에 모여들었다.

비통한 심정은 이제 의문으로 대체되었다.

어떻게 그가 이곳으로 올 수 있는가.

줄이 끊어진 것을 조원들의 눈으로 똑똑히 보지 않았던가.

담사연은 조원들의 그런 의문에 답해줄 상태가 아니었다.

별다른 부상은 없는 모습인데 만취한 사람처럼 몸을 제대로 가누지 못하고 있었다.

유연설이 살펴보았지만 그녀의 의술로도 원인은 알 수 없었다.

"일단 기다려 보죠. 동공이 선명한 점으로 보아 의식은 정상인 것 같아요."

반시진이 지나자 담사연의 몸 상태가 정상으로 돌아왔다. 그런데 육체가 회복된 시점에서 이번엔 의식이 문제가 됐다. 그는 자리에서 일어나자마자 멍한 표정으로 주변을 이리저리 걸었고, 그러다가 문득 멈춰 서서 깊은 생각에 잠겼다.

"담 형, 왜 그러십니까? 편찮은 곳이 있으면 말씀하십시오."

송태원이 물어도 그는 대답이 없었다. 송태원이 옆에 서 있다는 사실조차 모르고 있었다.

"이대론 안 되겠어요. 강제로라도 정신을 깨워야겠어요. 조원들께서는 그가 움직이지 않도록 몸을 잡아주세요."

유연설이 금침을 들고 앞으로 나설 때였다.

일엽이 엄중한 음성으로 유연설과 조원들의 행동을 막았다.

"깨우지 말고 그대로 두라. 그는 지금 무념 상태다."

"아!"

일엽의 말에 조원들은 탄성을 흘려내며 담사연의 주변에서 물러났다.

무념(武念).

무공의 벽을 뛰어넘는 깨달음의 한순간.

상승 무공은 수련으로만 성취되지 않는다. 일정 경지에 이르면 수련으로 성취되지 않는 무공의 한계에 부딪치게 되고, 그땐 수련하고 있는 무공을 관철하는 깨달음을 얻어야만 그 벽을 넘어갈 수 있다.

그런데 아주 희박한 확률이지만 일정 경지에 이르지 않고도 무공의 깨달음이 갑작스럽게 찾아오는 경우가 있다. 이런 상태를 무념이라고 하는데 무인에게는 소림사의 대환단을 복용한 것만큼이나 대단한 기연이라고 할 수 있다.

무념 상태를 지속하던 담사연은 한식경 후에 바닥으로 힘없이 쓰러졌다.

유연설이 쓰러진 그를 부축해 내상약을 복용시켰다.

잠시 후, 그는 정신을 차린 눈으로 주변의 조원들을 돌아봤다.

조원들은 의문이 가득한 얼굴로 그의 입만 바라보고 있었다.

줄이 끊어졌음에도 이곳으로 올 수 있었던 방법.

무념 상태에서 그가 본 것.

그는 두 개의 사안 중에서 설명이 가능한 것부터 말했다.

"줄을 끊고도 내가 살 수 있었던 것은 망혼보의 두 번째 초식, 망량을 발휘했기 때문입니다. 망량을 발휘하면 공간은 압축되고 시간은 느려지는데 내가 줄을 끊은 순간에도 줄의 장력은 일시적으로 유지됩니다. 이해가 잘 안 되시겠지만 그 점을 이용하여 이곳까지 줄을 타고 올 수 있었습니다."

"으음."

그의 설명에 조원들이 떨떠름한 모습을 보였다. 달나라에 가서 토끼를 잡아왔다, 라는 말과 뭐가 다를까.

구중섭이 현실적인 사안을 물었다.

"이곳에 도착한 후 만취한 사람처럼 몸을 가누지 못했는데 왜 그랬지요?"

"망량의 발휘가 끝나면 정상적인 시공간의 흐름에 신체가 적응하기까지 시간이 다소 걸립니다. 그때는 내 의지로 몸을 움직일 수 없는데 이 때문에 망량을 함부로 사용할 수가 없습니다."

"하면 신체가 회복된 후에는 왜 그런 모습을 보였습니까? 담 형이 겪은 것이 무념이 맞습니까?"

"네."

그는 고개를 끄덕이면서도 설명은 바로 하지 못했다. 무념 상태에서 겪은 것에 대해 제대로 알지 못한다는 뜻이었다.

송태원이 말했다.

"무엇 때문에 무념에 들게 된 거죠?"

송태원의 이 물음에 그는 천이적을 쳐다봤다. 그가 생각하기로 이번에 답할 그의 말은 천이적만이 알아들을 수 있었다.

"망량은 단거리 공간이동술입니다. 줄이 끊긴 곳에서 이곳까지는 망량의 한계를 벗어나는 거리였기에 전 필사적으로 줄을 타고 왔는데 그 과정에서 내가 그만 망선을 사용한 것 같습니다."

천이적이 깜짝 놀란 반응을 보였다.

"망선? 그게 정말이야? 망선에 대해 무언가를 알아냈어?"

"아니요. 무념 상태에서 아무리 되짚어 봐도 내가 망선을 어떻게 사용했는지 알 수가 없었습니다. 나도 지금 답답해서 미칠 지경입니다. 뇌에서는 무언가가 윙윙거리는데 그게 무엇인지는 해석이 전혀 안 되고 있습니다."

"휴우, 그것참……."

천이적은 한숨만 내쉴 뿐 도움이 되는 말은 해주지 못했다. 망혼보를 그에게 건네준 장본인이지만 성취와는 상관이 없으니 당연한 일이었다.

그에게 도움이 되는 말을 해주는 이는 일엽이었다.

"그것은 네가 상승 신법의 원리에 대해 공부가 부족하기 때문이다. 일호 자객은 일어나서 나를 따라오라."

일엽이 말과 함께 전방의 공터로 걸어갔다.

천이적이 얼른 따라가라고 담사연에게 눈짓을 보냈다. 일엽이 신법에 대해 가르침을 베풀려고 하는 것이다.

담사연이 일엽을 뒤따라간 후, 구중섭이 물었다.

"선배님, 망선이 뭔데 그런 반응을 보이는 겁니까?"

천이적은 쉽고 간단하게 설명했다.

"열 걸음에 십 리를 걷는 신법."

구중섭이 천이적을 힐끗 노려봤다.

송태원은 이때 코웃음을 쳤고 양소는 하품을 하며 자리를 떴다.

당연한 반응이다.

일 보에 일 리, 십 보에 십 리, 백 보에 백 리를 움직인다면 그건 무공이 아니다.

그런 것은 산에서 금도끼를 들고 나오는 신선들이나 할 수 있는 술법이다.

*　　　*　　　*

해가 서쪽 하늘로 넘어가고 있었다.

일엽과 담사연은 석양 아래에서 마주보고 섰다.

가르침의 시간이다.

일엽은 엄중했고, 담사연은 진지했다.

"신법의 극한 경지는 그 운용법에 따라 크게 어기비행술과 육지비행술로 나뉜다. 어기비행술은 공중으로 떠올라 움직이는 경공 신법이고, 육지비행술은 대지를 밟고 달려가는 주

행 신법이다. 그 두 가지 비행술은 각각 신법의 극한 경지이
기에 어떤 것이 더 우월하다고 단정 지을 수 없다."

"네."

"어기비행술의 신법으로는 무당파의 제운종이 있다. 장삼
봉은 생애 말년에 제운종으로 무당산의 칠십이봉을 반나절
만에 모두 돌아다녔다고 한다. 그리고 육지비행술의 신법으
로는 화산파의 암향표가 있다. 암향표가 극성에 이르면 한나
절에 천 리를 달려가는 것도 어렵지 않게 해낸다고 한다."

"……."

"그 두 가지 비행술 외에 신법의 극한 경지가 있다면 이른
바 대지를 접어서 걸어간다는 축지성촌(逐志成寸)이 있다. 흔
히 말하는 축지법이 바로 그것인데, 무림에서는 실제로 출현
한 적이 없기에 그것을 이론상의 경지로만 취급하고 있다. 내
가 판단해 보기에 망혼보의 망선은 바로 그 축지성촌의 신법
이라고 여겨진다."

"대지를 접어서 걸어간다는 것이 제게는 선뜻 와 닿지 않
습니다. 무엇을 어떻게 해서 움직인다는 것입니까?"

"이론은 간단하다. 지금 너와 나의 거리는 다섯 걸음이다.
하지만 내가 반보를 움직이면 그땐 우리 사이의 거리가 한 걸
음 이내로 변한다. 이렇게."

말과 함께 일엽이 오른발을 반보 앞으로 내디뎠다. 그 순간

일엽의 몸이 그의 발 앞에 다다랐다. 눈속임이 아니다. 일엽은 반보를 움직여 다섯 걸음의 거리를 좁혔다.

"아직 모르겠느냐, 다시 보여줄까?"

"아니요. 무슨 뜻인지 알겠습니다. 그러니까 전방의 대지를 당겨 버리며 움직인다는 것 아닙니까. 이렇게요."

이번엔 담사연이 뒤로 반보를 걸었다. 그러자 둘의 거리가 원래의 다섯 걸음으로 환원됐다.

한 번에 원리를 이해했다.

일엽이 감탄의 눈빛을 잠시 비치고는 말을 이었다.

"방금 너와 네가 선보인 것은 축지성촌의 편법적 사용이다. 우리는 내공을 사용해 대지를 접인(摺引)해 움직였는데 만약 비거리가 십 리, 백 리로 확장된다면 그땐 내공을 이용한 대지 접인이 불가능해진다. 제아무리 내공의 고수라도 그건 마찬가지이니 장거리 접인을 하려면 공간을 축약하는 다른 방법이 있어야 한다. 나는 그 해법이 오늘 네가 겪은 망량 속에 있다고 본다."

"망량 속에 있다고요?"

"망량을 펼치면 공간은 압축되고 시간은 느려진다고 네가 주장했다. 그것이 사실일 경우 망량을 이중, 삼중으로 거듭해 사용하면 공간은 더 압축되고 시간은 더 느려져서 결국 시공간이 정지되는 상태에 이르게 될 것이다. 그 상태라면 십 리를 열 걸음에 걷는 움직임이 불가능하지 않을 것이다."

어려운 말이지만 담사연은 핵심과 문제점을 바로 파악했다.

"망량의 현상 속에서 다시 망량을 발휘하는 것은 제게 너무도 어려운 일입니다. 솔직하게 말해 신법을 이중으로 사용한다는 것이 어떤 방식인지도 저는 잘 모르겠습니다."

일엽이 앞으로 걸어와 담사연의 옆에 자리했다. 그리고 담사연이 보는 앞에서 이십여 보를 천천히 내걸었다. 바닥에는 일엽의 발자국이 선명했다. 내공을 사용해 의도적으로 발자국을 찍어놓은 것이다.

"망혼보를 알고 있으니 신법의 기초에 대해서는 설명을 생략하겠다. 진기의 흐름은 일 보를 내디딜 때는 중극혈, 관원혈, 태충혈, 족심혈 용천혈이고, 이 보를 차고 나갈 때는 명문혈, 차료혈, 은문혈, 승산혈, 용천혈이다. 자, 기억했으면 움직여 봐라."

담사연은 일엽이 일러준 대로 진기를 돌리며 땅에 찍힌 발자국을 따라 움직였다. 일직선 족적이 아니기 때문에 처음에는 서툴렀지만 서너 번을 왕복해서 움직여 보자 제법 자세가 나오고 있었다.

"지금 네가 움직인 신법은 화산파의 암향표와 비견되는 청성파의 능파보다. 능파보의 특징이 있다면, 신법 운행 중에 이중, 삼중으로 신법을 펼쳐 가속할 수 있다는 것이다. 경지에 이르면 다섯 번까지 가속이 가능한데 삼중 주행부터는 꼬리만 남고 몸체는 보이지 않는다고 하여 능파미리보라고 불린다."

일엽이 조금 전에 찍어둔 발자국을 따라 다시 움직였다. 이번에도 족적을 남겼는데 오른발과 왼발의 순서가 바뀌어 있었다.

"자, 다시 해봐라. 처음에는 어렵고 혼란스러워도 익숙해지면 원래 신법보다 이중 주행이 더 편해질 게다."

일엽의 말이 끝나기 무섭게 담사연은 땅에 찍힌 발자국을 따라 움직였다. 일엽은 그런 모습을 세밀히 지켜봤고, 그러다가 그의 신법 자세가 흐트러지면 직접 다가가 진기의 흐름을 일러주며 자세를 교정해 주었다.

반시진이 그렇게 흘러가자 그는 능파보를 제법 능숙하게 사용했다. 능파보는 청성파의 일대 제자들에게만 전수되는 상승 신법이다. 자질이 없고서는 이렇게 빨리 습득할 수 없다.

"아! 이제 알겠습니다. 이중 신법이 무엇을 의미하는지!"

한순간 담사연이 환한 얼굴로 일엽을 쳐다봤다.

일엽은 고개를 끄덕였다.

"깨달음이 헛되지 않도록 부단히 수련을 하라. 오중 신법으로 펼쳐지는 능파미리보는 육지비행술이다. 극과 극은 통하는 법, 육지비행술의 경지에 이르면 망선의 성취도 불가능한 일만은 아니게 될 것이다."

"가르침에 감사드립니다."

담사연이 포권으로 인사를 전했다.

일엽은 뒤돌아 조원들을 향해 걸어갔다. 걸어갈 때 일엽의 입가에는 희미한 미소가 지어졌다. 일엽의 무림 인생에서 이런 모습은 흔하지 않다. 단화진을 가르칠 때도 엄중하기만 했지, 미소는 거의 보이지 않았다.

담사연이 능파미리보 수련을 끝냈을 무렵 날이 어두워졌다.

조원들이 모인 자리에 돌아온 그는 유연설에게 사과부터 했다.

"용문 입궁이 저 때문에 지체된 것 같습니다. 폐를 끼치게 되어 죄송합니다."

유연설은 웃으며 고개를 저었다.

"그러시지 않아도 돼요. 용문에 들어가려면 어차피 여기서 하룻밤을 보내야 해요."

이곳에서 하룻밤을 보내야 되는 이유를 조원들은 이미 전해 들은 모양이었다.

"용문은 흑적산 속에 세워져 있다고 하더군."

"용문으로 들어가는 비밀 암굴은 하루에 한 번만 열린다고 합니다."

"암굴은 저기에 있습니다."

천이적과 구중섭, 송태원이 연이어 말했다.

그는 송태원이 가리킨 곳을 쳐다봤다.

그곳엔 붉은 암벽만 보일 뿐 암굴 같은 것은 보이지 않았다.

양소가 암굴에 대해 마지막으로 설명했다.

"일출 시각에 그 벽이 열린다고 해. 의심 품지 말고 무조건 믿으라고 하더군."

용문에서 살아왔던 유연설이 무조건 믿으라고 했으니 도리가 없다.

담사연은 암굴에 대해선 의문을 지우고 다른 사안을 유연설에게 물었다.

"암굴이 열릴 때까지 이곳에 대기하고 있어도 괜찮겠습니까?"

"걱정하지 않아도 돼요. 우리가 머문 지역은 절망의 평원과 눈물의 언덕을 지나야만 올 수 있어요. 눈물의 언덕 아래에서 동심맹과 사중천이 삼엄히 대치하고 있는 한, 이곳은 최고로 안전한 지역이에요."

"용문의 무인들이 우리를 공격할 수도 있지 않습니까?"

"용문으로 들어가는 길은 비룡문, 와룡문, 잠룡문 세 곳뿐이에요. 동심맹과 사중천이 눈물의 평원으로 몰려온 후 군자성은 용천삼문을 모두 봉쇄했는데 이 때문에 용문의 무인들도 함부로 밖에 나오지 못해요. 우리가 들어가려는 암굴은 군자성도 모르는 길이에요. 용제녀들만 알고 있던 비밀 암문이죠."

적의 공격을 염려하지 않아도 된다는 말에 그는 경계심을 풀고 자리에 앉았다. 아침이 오려면 꽤 시간이 많아 남았다. 그는 혹시나 대비할 것이 있을지 몰라 유연설에게 물었다.

"그동안 우린 무엇을 하지요?"

"아무것도 하지 말고 그냥 푹 쉬세요. 용문으로 들어가면 그때부터는 한순간도 긴장도 풀지 못해요. 아마도 청부가 끝날 때까지 우린 한숨도 잘 시간이 없을 거예요."

그녀의 말에 구중섭이 팔베개를 하고 바닥에 드러누웠다.

"그러니까 인생에서 마지막이 될지도 모를 최후의 휴식 시간이란 말이지."

썰렁한 침묵이 잠시 휘돌았다. 최후의 휴식이란 말뜻을 모르지 않는 것이다. 잠시 후, 구중섭이 자리에 드러누웠듯 조원들은 누구의 간섭도 없이 인근으로 흩어져 각자의 시간을 보냈다.

그는 조원들의 이런 모습에 심정이 조금 묘했다. 생각해 보면 이들은 목숨을 걸고 굳이 이곳으로 오지 않아도 되는 사람들이었다. 이들은 무림 단체의 핵심 소속원도 아니고 군자성이나 사중천주와 직접적인 원한 관계도 없었다. 그렇다고 이번 청부를 완수한다고 해서 이들에게 큰 보상이 돌아가는 것도 아니었다. 무림은 척룡조가 있는지도 모르고 있었다. 청부 과정에서 이들이 죽는다면 그건 무림사에 기록이 남지 않는 개죽음이 될 뿐이었다.

그런데도 이들은 사심 없이 청부에 적극적으로 나섰다. 이유가 있다면 옳지 않은 무리가 만들려는 무림 세계를 저지하자는 것. 세상이 불타는 미연의 사태를 막아보자는 것, 그것뿐이었다. 대의와 정의에 목숨을 초개처럼 던지는 협객. 어쩌면 이들이야말로 의롭게 살아가는 참된 정파인일 수 있었다.

시간은 흐르고 밤은 깊어 간다.

그는 눈물의 언덕이 내려다보이는 산등성이에 앉아 조원들과 그의 관계에 대해 생각을 이었다. 그의 삶과 관련된 사람들이라고 하지만 하나의 조직원으로 결성되기에는 시간도, 인연도 많이 부족했다. 그래서 처음엔 이 청부에 대해 회의심을 품었고, 경우에 따라서는 독자 행동을 한다고 결심도 했었다.

그런데 버랑길 전투를 겪은 후로 그의 생각은 바뀌었다. 상황이 발생하자 그들은 조직원으로서 충분한 역할을 해주었다. 나이가 가장 어린 그가 지휘했음에도 반발 없이 잘 따라주었고, 어려운 문제가 발생하면 격려와 협조로써 상황을 해결했다.

척룡조의 성격과 역할에 대해 진지하게 되돌아봐야 했다. 이번 청부는 표적의 범위가 매우 넓었다. 이능이 청부했던 여불청을 저격하려면 사중천이란 단체를 상대해야 하고, 그러다 보면 얽히고설킨 표적들, 군자성과 매불립, 조순까지도 저격의 대상 속에 있었다.

그 경우 그 혼자서 모두를 상대할 수는 없었다. 누군가는 정보를 취득해야 하고 또 누군가는 저격하는 동안 그를 엄호하는 역할을 해주어야 했다. 어쩌면 단독 저격이 아닌, 합동 저격을 해야 하는 상황이 올 수도 있었다.

척룡조는 그의 청부 완수에 꼭 필요한 조직이다, 그는 그렇게 척룡조에 관한 입장을 정리했다. 한편으로 그렇게 생각을 결정하고 보니 조직원들과 한층 가까워진 느낌이 들었다.

그는 자리에서 일어나 조원들을 조용히 돌아봤다. 일엽은 어둠 속에서 가부좌를 틀고 있고, 천이적은 그 옆에서 무언가를 말하고 있었다. 일엽과 어떤 대화를 하고 있는 모양이었다. 그리고 그동안 조원들과 잘 어울리지 못했던 양소도 지금은 송태원과 가벼운 대화를 하며 시간을 보내고 있었다.

구중섭은 아까 그 자리에 그대로 누워 콧노래를 낮게 흥얼 거리고 있었다. 그는 구중섭을 잠시 살펴보고는 그곳으로 걸어갔다. 이능이 말하길, 그의 삶과 깊이 관련된 사람들로 척룡조를 구성했다고 한다. 그가 생각하기로 구중섭과 그는 특별한 연이 없었다. 악연을 따져 봐도 중정당에서 그를 고문한 수사관은 마중걸이었지, 구중섭이 아니었다.

"노래의 제목이 뭐지요? 듣고 있자니 음이 귀에 익숙합니다."

그는 형식적인 말을 건네며 구중섭의 옆에 앉았다.

구중섭이 누운 자세에서 그를 힐끗 쳐다봤다.

"대포청의 청가입니다. 강도와 도둑놈을 일망타진하자는 가사인데 이 노래를 안다면, 음… 담 형의 전적이 의심스럽군요."

괜히 아는 척을 했다. 그는 어색한 미소를 지어 보였다.

구중섭이 그 모습을 보고는 일어나 앉아 그를 마주봤다.

"내가 척룡조에 합류하게 된 과정을 알고 싶어서 왔지요?"

"아, 네. 그걸 어찌?"

"대포청 구십육기 수석 포교가 바로 접니다. 그 정도는 기본이지요. 자, 궁금한 것이 있으면 어려워하지 말고 물어보십시오."

그는 실소를 머금었다. 포교 아니랄까 봐 표정과 분위기만으로 상대의 심중을 알아맞히고 있었다.

"중정당에서 파면되었다고 했는데 그 연유를 물어봐도 되겠습니까?"

"짧게 답할까요, 아니면 길게 답할까요?"

포교라서 그런지 대화하는 법도 일반적이지 않다.

그는 잠깐 생각하고 말했다.

"일단은 짧게."

"그건 담 형의 형님 때문입니다."

"네? 형이라고요? 왜죠?"

그의 놀람 속에서 구중섭이 이번에 길게 대답했다.

"내 포교 경력에서 첫 미제 사건은 십이 년 전 정체 모를 무인들에게 공격을 받아 멸문 수준으로 가문이 몰락해 버린 담가장 사건입니다. 그 사건으로 담 형의 형, 담사후도 반신불수가 되었는데 담 형께선 그 일을 기억하십니까?"

그날의 일을 어찌 잊을 수 있을까.

그는 고개를 끄덕이는 한편, 구중섭을 색다르게 쳐다봤다. 구중섭의 입에서 그때의 일이 거론되리라고는 생각도 하지 못했다.

"그 사건을 일선에서 수사했던 포교가 바로 접니다. 그래서 청성당 사건을 수사함에 당신의 형이 무림사에서 보기 드문 초천재였다는 것을 사전에 인지하고 있었지요. 나는 담 형에게 망혼보를 전수해 준 사람이 담사후라 여기고 월인촌으로 가서 담 형과 담사후에 대해 탐문 수사를 했었는데……."

그는 구중섭의 말을 잠시 끊었다.

"담가장을 공격한 흉수들에 대해서는 혹시 알고 계신 것이 있습니까?"

"아니요. 불가공법이 관련되었다는 것만 알지, 흉수의 정체와 사건의 진상은 아무것도 밝혀내지 못했습니다. 말 그대로 미제 사건이 되어버렸지요."

"흐음."

아쉽지만 그는 가문에 관한 것은 일단 머리에서 지워냈다. 구중섭도 잘 모르고 있으니 지금은 그 사안에 대해 파고들 단계가 아니었다.

"형은 동심맹의 안가에 감금된 상태였습니다. 혹시 형을 만나보셨습니까?"

"네. 안가로 가서 형을 직접 보았는데 전신불수 상태였고 의식도 거의 없더군요."

"형에 대해선 어느 선까지 알고 계시죠?"

"담사후가 몽환영을 발휘해 담 형에게 단화진의 조문을 알려주었지요. 그렇지 않습니까?"

이 정도면 조금 알고 있는 수준이 아니다. 청성당 사건의 핵심에 거의 근접해 있다.

"몽환영에 대해선 어떻게 아시게 된 거죠? 풍월관주님에게 전해 들은 겁니까?"

"그분도 포교 출신인데 내게 그런 중요한 정보를 넘겨주겠습니까? 나는 난주 안가의 집사 왕석을 심문해 담사후가 그 사람의 꿈에 자주 나타났다는 것을 알게 되었습니다. 담가장 사건에 관련된 불가공법은 몽환영이었습니다. 그 때문에 나는 담사후의 몽환영 발휘를 의심하게 되었지요."

난주 안가의 집사라면 쾌활림주이다. 쾌활림주를 수사해 추론만으로 몽환영을 밝혀냈다. 포교로서 구중섭의 능력이 어떠한지 잘 알 수 있다.

"그 후에는 어떻게 되었지요? 동심맹에 몽환영의 사안을 보고했습니까?"

"아닙니다. 사안이 너무 중대해 중정당으로 들어가서 동심맹주를 직접 만나 밝힐 생각이었습니다. 한데 그 무렵 조순이 나를 직위 해제하고 중정당에서 파면시켜 버렸습니다."

"중정당 수사관은 대포청 소속이라고 알고 있습니다. 조순의 권세가 아무리 대단해도 수사 중인 포교를 함부로 파면할 수는 없지 않습니까?"

"물론 명목상 파면의 이유는 따로 있지요. 조순은 내 사문을 문제 삼고 나온 겁니다."

"구 형의 사문이 어디인데요?"

구중섭이 곤혹한 표정으로 답을 잠시 미루다가 입을 열었다.

"이백 년 전 무림에 혈겁을 일으켰던 백사단을 알고 있습니까?"

"백사단? 사예극을 추종하던 그 단체 말입니까?"

"네. 백사단주 사예극은 한때 강남 일문의 명성을 날렸던 벽사문 출신입니다. 그러니까 내 사문이 바로 그곳 벽사문입니다."

구중섭과 사예극의 관련. 이것 역시 그로선 상당히 뜻밖이다.

"백사단이 진압된 후, 무림인들은 앞으로 이백 년 동안 벽사문의 후예는 정파와 사파의 어떤 무림 단체에도 가입하지 못한다고 연판장을 돌렸습니다. 선대의 잘못이긴 해도 이백 년이 완전히 지나지 않았으니 나로선 조순의 파면 조치에 따를 수밖에 없었지요."

그는 잠깐 생각한 후에 물었다.

"사예극이 죽은 이후로 벽사문에서는 출중한 무인이 나오지 않았던 겁니까? 그런 무인이 존재했다면 선대의 잘못을 일찍 씻어낼 수도 있지 않았겠습니까?"

"사예극의 죽음과 더불어 벽사문은 문파의 최고 신물을 분실해 버렸습니다. 그게 없고서는 벽사검법의 진전이 들어 있는 문파의 무고를 열 수가 없습니다. 오백 년 전통의 벽사문에서 그간 제대로 된 무인이 나오지 않았던 이유도 바로 그래서입니다."

'빙룡환!'

사예극의 죽음과 벽사문의 최고 신물.

이 두 가지를 연결해 보면 그가 소유하고 있는 빙룡환이 자연적으로 떠오른다.

그가 빙룡환에 대해 말을 할까 말까 고민하고 있을 때. 구중섭이 원래의 사안으로 화제를 다시 돌렸다.

"자, 좋은 일도 아닌데 내 신상에 관한 이야기는 이쯤에서 그만하지요. 아무튼 그렇게 파면된 후에도 의문이 가시지 않아 개인적으로 수사를 계속했었는데, 그랬더니 화문당 납치 사건과 구인회의 석연치 않은 활동이 수사 선상에 잡히더군요. 내가 독심당주를 만나 자초지종을 듣게 된 것은 그 무렵이었습니다. 어떻습니까? 이제 의문이 좀 풀렸습니까?"

의문은 풀고 말고 할 게 없다. 그가 알고 싶었던 것은 구중섭과 얽힌 그의 인연이지, 구중섭의 척룡조 합류 과정이 아니다.

"참! 내 담 형에게 전해줄 물건이 있습니다."

"물건?"

구중섭이 품에서 작은 옥합을 하나 꺼냈다.

"이건 담사후의 유품인데 그분의 일가친척은 담 형뿐이니 받으십시오."

그는 옥합을 받아 열어봤다.

"아!"

녹색의 반지.

생각도 못했던 녹지환이 그 안에 있었다.

"안가에서 담사후를 보았을 때, 그 반지가 이상하게 눈에 자꾸 밟혔습니다. 그래서 남들 모르게 그 반지를 빼내서 지금까지 간직해 왔었습니다."

그는 구중섭을 떨리는 심정으로 쳐다봤다.

이제 보니 보통의 인연이 아니다. 구중섭은 그의 삶에서 은인과 다름없는 존재다.

구중섭이 그의 표정을 은근히 살펴보곤 말했다.

"보아하니 그 반지를 찾아다닌 모양인데 그게 그렇게 담 형에게 소중한 물건입니까?"

"물론입니다. 이것이 있어야만 형을 다시 만날 수 있습니다."

구중섭이 눈을 둥그렇게 떴다.

"네? 그게 무슨? 형은 이미 죽었지 않습니까?"

"하하, 그런 게 있습니다. 나중에 설명을 드리겠습니다."

형의 신물. 몽화의 법체.

그는 녹지환을 왼손 악지에 끼우고 자리에서 일어나 구중 섭에게 포권했다. 구중섭은 영문도 모르고 같이 일어나 포권했다.

"구 형, 고맙습니다. 보답의 차원에서 조만간 나도 구 형에게 소중한 물건을 전해주겠습니다. 기대하셔도 될 겁니다."

그는 빙룡환에 관해 운만 슬쩍 띄우고 돌아섰다.

어느덧 자정이 지났다.

담사연은 녹지환을 건네받은 이후 한동안 홀로 된 시간을 보내며 형을 생각했다. 단지 녹지환을 손가락에 끼운 것에 불과한데도 형이 눈앞에 있는 것만 같았다. 형을 만나면 무슨 이야기를 할까. 자객으로 살아왔던 그간의 과정을 이야기할까, 아니면 이추수와 전서로 연정을 나눈 이야기를 할까. 꿈속의 만남이겠지만 그는 형이 자신의 이야기를 들어줄 수 있다는 사실 하나만으로 행복한 심정을 가질 수 있었다.

형과 같이 있다는 생각에 용기도 더 생겨났다. 지금 심정이라면 그는 용문의 청부를 하루 만에 끝내 버릴 수 있을 것도 같았다.

'문제되지 않아. 성공할 수 있어.'

그는 유연설을 찾아 주변을 돌아봤다. 용문의 청부에 관해서 확인할 사안이 몇 가지 있었다.

유연설은 바위 위에 올라 합장한 자세로 달을 올려다보고 있었다.

그는 유연설에게 다가가 물었다.

"무엇을 하고 계신 거죠?"

"척룡조의 청부가 무사히 완수될 수 있도록 대자대비하신 부처님께 기원하고 있지요."

"구룡족도 불교를 믿습니까? 내가 알기로 노객께선 용제녀로서 용을 신봉한다고 들었는데……."

유연설이 합장한 자세로 그를 돌아보며 쓸쓸히 웃었다.

"그건 용문에 갇혀 살아갈 때의 이야기이지요. 부처님의 세상을 접한 후로, 나는 구룡족이 얼마나 불쌍하고 어리석게 살아왔는지 알게 되었어요."

이른바 개종을 했다는 거다. 잘못된 것은 아니다. 유연설은 용문에서 살아온 세월만큼 강호에서도 오랫동안 군자성의 부인으로 살아왔다.

"장안 남쪽에 혜림사라는 절이 있는데 그곳 주지 스님에게 송연이라는 법명도 받았어요. 이번 청부가 끝나면 난 그곳으로 들어가서 속세와 연을 끊을 생각이에요."

"아, 네."

유연설이 합장을 거두고 그를 돌아봤다.

"묻고 싶은 말이 있으면 지금 하세요. 용문으로 들어간 후에는 그럴 기회도 없을 테니까요."

그는 말을 돌리지 않고 의문 사안을 바로 물었다.

"용문 사태의 원인이 화룡이라는 송태원의 말에 나도 동감입니다. 내가 의문스러운 것은 독심당주가 이를 모를 까닭이 없는데 이상하게도 그 점에 대해서는 제게 선명히 말해주지 않았다는 겁니다. 혹시 제가 알아서는 안 될 이유가 있습니까?'

"독심당주도 이 사태의 원인이 화룡임을 잘 알고 있어요. 그럼에도 당신에게 화룡에 대해 말하지 않은 것은 그 사람의 움직임을 화룡이 요주의 관찰하고 있기 때문이에요. 그 사람이 사중천주가 아닌 화룡을 청부 대상으로 직접 지목했다면 화룡의 감지력에 걸렸을 공산이 커요. 그래서 화룡에 관해서는 되도록 말을 아낀 거예요."

"아! 역시!"

실은 그도 그럴지 모른다고 생각했다. 화룡은 시공결을 통해 미래를 보았다. 인간들의 세세한 행보까지는 알 수 없겠지만 화룡의 미래를 깨트릴 잠재적 위험 사안만큼은 어떤 방식으로든 관리하고 있을 것이다.

"그뿐만이 아니에요. 용문에 전대의 고수들이 있다는 것과 벼랑길 보행의 위험 등 독심당주는 이번 청부에서 많은 부분을 당신에게 알려주지 않았어요. 청부를 했던 독심당주도 결과를 모를 정도로 이 청부를 불규칙하게 진행시키고자 했던 거죠. 변수로 거듭되는 청부 진행. 그 사람이 그런 선택을 할 수 있었던 것은 화룡의 눈을 피할 수 있는 존재, 당신이 이 청부의 중심에 있었기 때문이에요."

"휴우."

유연설의 말을 듣고 보니 책임감이 더 막중해진다. 이능은 도박에 가까울 정도로 이 청부의 시작과 끝을 그에게 전부 맡겨 버렸다.

"하면 송태원의 말대로 우린 화룡과 싸워야 하는 겁니까?"

그의 이 물음에 유연설은 에둘러 답했다.

"현재 화룡은 휴면 상태예요. 용문의 기록에 의하면 화룡은 팔백 년 전에 잠깐 깨어나 움직였고, 그 후론 다시 휴면에 들어갔다고 해요."

"휴면과 동면은 다른 것입니까?"

"동면은 잠을 자는 것이고, 휴면은 의식은 있지만 활동이 중지된 것을 뜻해요."

"화룡이 휴면을 깨고 나오면 어떻게 됩니까? 그땐 화룡과 싸워야 하는 겁니까?"

질문이 원래로 환원됐다.

유연설은 단언하듯 말했다.

"인간은 화룡과 싸울 수 없어요. 용을 잡는 인간의 이야기는 신화에서나 나올 뿐이에요.”

"무림인들이 용문에 집결해 있습니다. 무림의 초고수가 합심해서 싸운다면 용을 잡는 것도 불가능하지 않으리라고 생각되는데요?"

"세상의 종말을 진정 보고 싶은 거예요? 인간의 무력으로는 일천 년을 산 지중룡도 감당하기 힘들어요. 하물며 용마총의 화룡은 일만 년을 살아온 대성룡(大成龍)이에요. 승천 직전의 화룡은 신과 다름없는 존재예요. 인간의 능력으로는 도전조차 용납되지 않아요.”

"하면 화룡이 휴면에서 깨어났을 땐 어떡합니까? 용문 청부를 중단해야 합니까?"

"용과 싸울 수는 없지만 용을 죽일 방법은 있어요.”

"어떤 방법이죠?"

"화룡도는 화룡이 일만 년을 살아온 내단의 결정체예요. 하니, 화룡도를 소멸시키면 화룡은 생기를 잃게 되고, 그땐 인간의 힘으로 화룡을 죽일 수가 있게 돼요.”

화룡도 파괴.

용문 청부의 우선 목적이 더욱 확실해진다.

"유 노객의 말이 옳다면 화룡도가 파괴되도록 화룡이 가만히 내버려 두겠습니까? 화룡도에 접근하는 인간들은 모두 죽이려고 할 것입니다.”

"다른 방법은 없어요. 화룡도를 소멸시킬 때까지 화룡이 휴면 상태에서 깨어나지 않기를 바랄 뿐이에요."

두 번, 세 번 물어봐도 대답은 하나다. 화룡이 깨어난 상태에서는 용문 청부가 불가능하다는 거다.

그는 유연설의 말을 생각해 보곤 화제를 돌렸다.

두 번째 물음이다.

"독심당주의 말에 의하면 유 노객도 무림의 미래를 보았다고 하더군요. 세상의 종말을 본 것이 맞습니까?"

"내가 본 것은 무림인들이 죽고 도시가 불타는 단편적인 장면이에요. 그것만으로는 세상이 종말되었다고 장담할 수 없어요."

유연설의 말이 맞다. 단편적인 미래의 장면으로는 세상의 종말을 단언하지 못한다.

"혹시 당신이 본 미래 세상에서 저를 보았습니까?"

화룡의 눈으로 본 미래와 신의 계시로 그녀가 본 것은 또 다르다.

그래서 말 그대로 혹시 해서 물어본 것인데 대답은 뜻밖이었다.

"네."

"나를 보았다고요? 하면 세상이 불탈 때 전 무엇을 하고 있었죠?"

유연설은 바로 답하지 않고 그를 진하게 응시했다.

"진짜 알고 싶으세요? 내 입에서 무슨 말이 나오더라도 괜찮겠어요?"

"……."

그는 침묵 속에서 그녀의 눈을 주시했다. 이런 눈빛은 그에게 익숙하다. 신강의 전장에서 죽어갔던 전우들의 눈빛도 바로 이러했다.

"아니요. 이 질문은 안 한 것으로 하겠습니다. 노객께서도 잊어버리시길."

말을 대충 얼버무린 그는 마지막 질문을 던졌다.

"용문의 구역은 절망의 평원과 눈물의 언덕, 분노의 무덤으로 나누어져 있는데 고대의 구룡족에 어떤 사건이 벌어진 거죠?"

이 물음에 그녀는 그의 뒤편을 쭉 돌아보며 말했다.

"모두 알고 싶으세요?"

"네!"

"당연히!"

조원들이 어느새 그의 뒤편에 모여 있었다. 화룡에 관한 유연설의 설명이 조원들의 관심을 끌었던 것이다.

그녀는 바위에서 내려와 달빛이 찬란히 비치는 공터로 걸어갔다. 그리고 그곳에서 춤을 추듯 손을 천천히 흔들며 설명이 아닌 노래를 부르기 시작했다.

천지간에 아홉 마리 용(龍)의 기운으로 가득한 축복의 땅이
있었다네.

용들의 숨결은 곡식을 살찌우는 대지의 양분이 되었고, 인
간은 용의 은총 아래 풍요로운 삶을 누렸었네.

사람들은 축복의 삶을 안겨준 용을 진심으로 따르며 맹세
했네.

빛나는 왕이시여,

당신이 우리를 버리지 않는 한 우리는 구룡의 대지를 절대
떠나지 않겠습니다.

맹세는 피의 서약이 되었고, 아홉의 용은 그때부터 구룡인
의 왕이 되었다네.

어느 날 아홉의 왕 중에서 불의 왕이 말했다네.

위대한 왕은 하나로 족하다.

너희는 나를 위해 황금의 신전을 세우고 오직 나만을 경배
하라.

그리하면 내 너희에게 나이가 들어도 늙지 않는 용혈을 하
사해 주리라.

장수의 생을 내려준다는 말에 구룡인은 여덟 왕을 버리고
불의 왕을 위해 황금의 신전을 지었었네.

신전이 완성되던 그날, 불의 왕이 말했네.

나의 피는 영광된 인생의 증표.

너희는 이제부터 나를 세세토록 숭배하며 살아가야 하리라.

사람들은 용혈에 취한 나머지 그것이 용의 저주라는 것을 몰랐네.

여덟 왕이 구룡의 대지를 떠나자 불의 왕은 욕심 많고 포악한 성정을 드러냈다네.

나는 지상의 인간을 다스리는 왕 중의 왕.

신전이 너무 왜소하도다.

나를 위해 더 크고 더 웅장한 황금의 궁전을 세워라.

구룡인은 왕의 명을 거역할 수 없었네.

장수의 생은 노예의 삶이었고, 풍요의 대지는 이제 고통의 신음으로 넘쳐나는 절망의 평원이 되었다네.

하늘 아래 가장 큰 궁전이 세워진 날, 불의 왕은 다시 요구했네.

내가 너희에게 장수의 삶을 주었으니 너희는 집안의 곡식과 보물을 나의 궁전에 모두 바쳐라. 또한 생명은 하나로 족하니 아들과 딸 중 하나를 선택해 궁전으로 보내라.

사람들은 왕의 말을 처음으로 거역했다네.

위대한 왕이시여.

우리의 전부를 이미 궁전에 바쳤거늘 어찌 자식까지 내어
달라고 하십니까.

왕은 거대한 날개를 펼치며 분노의 불을 토했네.

도시는 잿더미가 되고 왕의 명에 거역한 사람은 모두 죽었
네.

살아남은 이들은 궁전으로 올라가는 언덕에서 자식과 눈
물의 이별을 했다네.

눈물은 한이 되고 슬픔은 분노가 되니 구룡의 오래전 맹세
는 저주로 변한다네.

하지만 포악한 왕은 아직도 욕심을 부렸네.

내 너희에게 영생의 용혈을 줄 것이니 너희는 나머지 자식
도 용의 신전에 바쳐라.

사람들은 이제 왕의 말을 믿지 않았네.

포악한 왕!

미친 용을 타도하세!

구룡인은 용면향(龍眠香)을 피워 미친 용을 잠재웠네.

미친 용이 깊은 잠에 빠졌을 때 사람들은 절망의 평원에서
흙과 돌을 퍼내어 용의 궁전으로 향했다네.

황금의 궁전은 용의 무덤이 되었고, 무덤을 만든 사람들도
영원히 돌아오지 못했네.

축복으로 넘치던 구룡의 대지는 이제 없다네.

미친 용의 무덤과 무덤에 갇혀 살아가는 슬픈 노예만 남았다네.

유연설이 노래를 마치고 원래의 바위로 돌아왔다.

조원들은 침묵할 뿐 아무것도 묻지 않았다.

그녀의 노래와 춤 속에 구룡족의 슬픈 역사가 모두 담겨 있었다.

*   *   *

동쪽의 빛.

흑적산이 어둠의 껍질을 벗어내고 있다.

유연설이 붉은 암벽 앞으로 조원들을 불러 모았다.

그녀의 손에는 금빛 열쇠가 들려 있었다.

일출의 빛살이 물감 칠하듯 붉은 암벽으로 번져 간다.

암벽의 중심 부분에서 은빛이 반사된다.

유연설은 빛이 반사되는 그곳에 열쇠를 꽂아 넣었다.

쿠르릉.

굉음과 함께 암벽이 갈라진다.

암동이다.

조원들은 찜찜한 심정으로 서로의 눈치를 살폈다.

유연설이 천이적을 손짓했다.

"경험 많은 남자부터."

"으음."

천이적이 불편한 숨결을 토하며 암동 안으로 들어갔다.

양소, 송태원, 구중섭, 일엽도 차례차례 암동으로 들어갔다.

남은 사람은 담사연과 유연설.

담사연은 암동으로 들어가기 전에 뒤를 잠시 돌아봤다.

그가 뒤를 돌아본 이유를 유연설은 알고 있었다.

"걱정 말고 먼저 들어가세요. 사객은 새벽에 이곳에 도착했어요. 어제 내가 초적탄을 날려 우리의 위치를 알렸거든요."

절벽에서 창웅단과 단신으로 싸우던 혈마의 모습이 그의 뇌리에 떠오른다. 혈마의 그런 무력이라면 용적암에서 뛰어내려 이곳까지 잠입하는 것도 그다지 어려운 일은 아니었을 것이다.

"하면, 우리도 들어가죠."

그는 유연설과 같이 암동으로 들어섰다.

조원들은 암동 입구 앞에 모여 있었다. 시야가 막힌 어둠은 둘째치고 굴속의 굴, 수십 개의 암굴이 전방에 있었다. 유연설이 아니고서는 어느 곳으로 들어가야 용마총으로 향하는지 알 수 없었다.

송태원이 말했다.

"화섭자를 밝힐까요?"

유연설은 어둠 속을 능숙하게 걸어가며 말했다.

"아니요, 불은 필요 없어요."

앞으로 걸어간 유연설은 구석에서 두 번째 자리에 있는 암굴로 들어갔다. 암굴은 안으로 들어갈수록 더 어둡고 더 좁았다. 그렇게 거의 삼십 장을 허리를 숙여서 걸어가자 전방에서 빛이 보였다.

"아!"

"오오!"

암굴을 나온 조원들은 눈앞의 광경을 보며 탄성을 쏟아냈다.

광장 같은 거대 공간.

광장 안에는 암반을 깎아 만든 석교와 석상, 석조 건물이 인공 도시처럼 정밀히 배치되어 있었다. 다리 아래에는 뜨거운 김이 뭉실뭉실 피어오르는 온천이 흘렀고, 광장을 둘러싼 암벽에는 빛을 밝히는 야명주와 횃불이 수없이 붙어 있었다.

조원들이 특히 감탄한 것은 광장의 동서남북 끝에 세워진 거대한 인간 석상이었다.

높이는 최소 삼십 장.

웅장하면서도 희로애락의 표정까지 섬세하게 조각되어 있었다.

"이게 대체!"

천이적이 광장을 돌아보며 혀를 내둘렀다. 이러한 석조 구조물은 중원에서도 찾아보기 힘들었다. 하물며 산의 내부에 이 정도 규모의 석조 공사를 한다는 것은 노동력만으로는 설명이 안 되었다. 정밀한 측량을 바탕으로 토목 공사를 할 수준이 되지 않는다면 산속의 구조물이 통째로 붕괴되고 말 터였다.

유연설이 말했다.

"고대의 구룡족은 토목공사와 석공술의 장인들이에요. 중원보다 지적 문화는 뒤떨어졌지만 건물을 세우고 돌을 다루는 기술은 현재의 중원인보다 훨씬 앞선 수준이었어요. 따지고 보면 우리가 걸어온 벼랑길도 구룡족이 아니고서는 공사할 수 없었을 거예요."

송태원이 동의하는 뜻에서 말했다.

"구룡족이 흑적산을 무덤이라고 부르던데 이곳의 규모를 보니 그게 아주 틀린 말도 아닌 것 같습니다. 용의 신전을 정말로 흙과 돌로 덮어 산으로 만들어 버린 것은 아니겠죠?"

유연설은 쓸쓸한 미소를 지을 뿐 답하지 않았다.

양소가 용마총 광장을 이리저리 내려다보며 물었다.

"화룡도가 있는 곳은 어디죠?"

조원들의 현 위치는 용마총 우측 상단에 박힌 대형 야명주, 그 아래의 암벽 앞이다.

"용마총은 용문 삼전(三殿), 용비전, 용문전, 용성전으로 구역이 갈려요. 이 중에서 용성전은 용이 머문 곳이라고 하여 용문에서도 절대 금지구역인데 화룡도는 바로 그곳 용성전 안에 있어요."

용마총의 광장을 가로지르는 대형 석교가 세 곳 있었다. 각각의 석교는 용비전, 용문전, 용성전의 글이 새겨진 석문으로 이어졌는데 유연설이 가리킨 곳은 용성전으로 들어가는 중앙의 석교였다.

조원들은 용성교를 살펴봤다.

다리의 폭은 삼 장 정도이고, 난간은 없다.

길이는 사십 장에 다다르며 일직선 길이 아닌 오르막과 내리막으로 교차되어 있다.

"저기 있는 사람들은 누구입니까?"

머리를 박박 깎은 무인들이 용성교 중간 지점에 집중적으로 포진해 있었다.

그중에서 특별나게 눈에 띄는 인물이라면 용성전으로 들어가는 문설주 앞에 우뚝 서 있는 법복 차림의 무승이었다.

"저들은 군자성의 명에 의해 용성전을 지키는 불마단이에요. 무림에서 활동할 때는 불마사로 불렸죠."

유연설의 끝말에 조원들이 멈칫했다.

천이적이 찜찜한 얼굴로 물었다.

"불마사? 혹시 오십 년 전에 숭산을 피로 물들였던 그 광승(狂僧) 집단을 말하는 것입니까?"

"네. 그들이 맞아요."

불마사 사건.

오십 년 전, 소림사 백팔나한 중에서 무려 마흔두 명이 집단 실성하여 경내의 승려를 무차별로 학살하고 대웅전에 불을 질렀다. 소림사 역사 이래 최악의 피해인데 혹자는 말하길, 누군가가 장경각에 침투할 목적으로 백팔나한의 이성을 상실하게 하는 독을 사용했다고 한다.

"하면, 저기 문설주 앞에 서 있는 무승이 불마사의 수괴 금강법승 무초는 아니겠지요?"

설마의 심정으로 물어보는 천이적인데 유연설은 너무도 간단히 답했다.

"무초. 맞는데요."

천이적이 학을 떼는 얼굴로 조원들을 돌아봤다.

"후아, 미치겠군. 무림에서 사라진 노마들은 모조리 용문에 숨어 있었어."

그 심정, 조원들도 마찬가지이다.

이번엔 구중섭이 물었다.

"다른 길은 없겠죠?"

"물론 없어요."

"하면 이제 어떡하죠?"

"그야 나는 당연히 모르죠."

구중섭이 그녀를 쳐다보며 눈을 흘겼다. 조직의 진로를 결정하는 문제에서는 항상 이런 식으로 얄밉게 발을 빼는 유연설이다. 하기야 따지고 들자면 구중섭도 마찬가지이다. 구중섭은 곧 담사연에게 결정을 미루었다.

"자, 용성전까지 날아서 가든 기어서 가든, 조장이 알아서 하시구려."

조원들도 적극 동조했다.

"좋은 생각!"

담사연이 유연설에게 물었다.

"용성전으로 들어가면 저들은 곧바로 우리를 추격합니까?"

"그건 아니에요. 용성전은 군자성의 승인 없이는 용문의 사람도 들어갈 수 없어요. 최소한 군자성에게 보고되는 시간 만큼은 추격이 중단될 거예요."

그녀의 말에 그는 바로 일어났다.

"갑시다."

"어딜?"

"길이 하나뿐이면 뚫어야지요."

그는 그 말을 끝으로 칠채궁을 장전하며 용성교로 터벅터벅 걸어갔다.

조원들은 실소를 지어냈다.

정면 돌파를 지시하는 것까지는 좋은데 마음의 준비를 하는 시간을 주면 어디가 덧나는가.

"하! 아무래도 조장 때문에 제 명에 못 살겠어."

구중섭이 귀검대를 풀어내고는 그를 뒤따라 걸어갔다.

이어서 나머지 조원들도 병기를 들고 일어나 용성교로 향했다.

『자객전서』 6권에 계속…

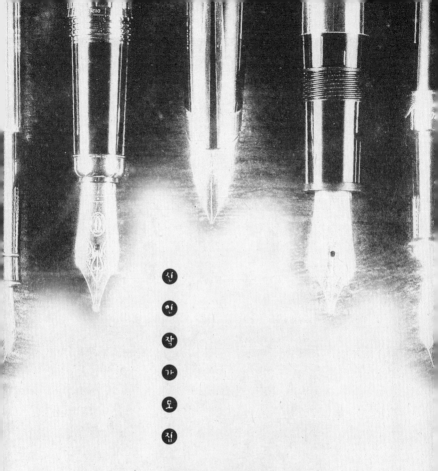

신
인
작
가
모
집

시작이 반이라고 했습니다.
작가의 길에 대한 보이지 않는 벽을 과감히 깨뜨리십시오!
청어람은 작가 지망생 여러분들의
멋진 방향타가 되어드리겠습니다.

저희 도서출판 청어람에서는
소설 신인 작가분들을 모집합니다.
판타지와 무협을 사랑하시는 분들의 많은 참여를 바랍니다.
소정의 원고(A4용지 150메)를 메일이나 우편으로 보내주시면
검토 후 출판 여부를 알려드리겠습니다.

주소:경기도 부천시 원미구 심곡2동 163-2 서경B/D 2F 우편번호 420-822
TEL:032-656-4452 · **FAX**:032-656-4453
http://www.chungeoram.com
e-mail:chungeoram@chungeoram.com

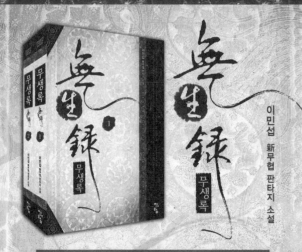

용병귀환

유왕 판타지 장편 소설

수십 년 전, 용병왕의 등장으로 생겨난
왕국과 용병의 세계.
평소엔 한없이 가볍지만 화나면 누구보다 무서운,
놀고먹고 싶은 그가 돌아왔다!

하지만 바람과는 달리 과거 그의 앙숙과 대륙의 판도는
도저히 그를 놓아주질 않는데……

"용병은 그냥, 돈 받고 칼을 빌려주는 놈들이니까."

그의 용병 철학은 단순했다.

"물론, 누구에게 빌려주느냐가 문제겠지?"

Book Publishing CHUNGEORAM

용병이 되신 자유추구 ~
WWW.chungeoram.com

김현우 퓨전 판타지 소설

레드 크로니클
Red Chronicle

『드림워커』, 『컴플리트 메이지』의 작가
김현우가 색다르게 선보이는 자신작!

『레드 크로니클』

백 년의 세월 검을 들고 검의 오의에
다가선 남자 티엘 로운.

모든 것을 베는 그가 마지막으로
검을 휘둘렀을 때
그를 찾아온 것은 갈라진 시공간,
그리고… 자신의 젊은 시절이었다!

"하암, 귀찮군."

검의 오의를 안 남자가 대륙을 바꾼다!
티엘 로운의 대륙 질풍기!

Book Publishing CHUNGEORAM

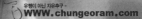

용병귀환

유왕 판타지 장편 소설

**수십 년 전, 용병왕의 등장으로 생겨난
왕국과 용병의 세계.
평소엔 한없이 가볍지만 화나면 누구보다 무서운,
놀고먹고 싶은 그가 돌아왔다!**

하지만 바람과는 달리 과거 그의 앙숙과 대륙의 판도는
도저히 그를 놓아주질 않는데……

"용병은 그냥, 돈 받고 칼을 빌려주는 놈들이니까."

그의 용병 철학은 단순했다.

"물론, 누구에게 빌려주느냐가 문제겠지?"

도시의 주인

말리브 장편 소설
FUSION FANTASTIC STORY

말리브 작가의 신작 현대 판타지!

죽기 위해 오른 히말라야.
그러나, 죽음의 끝에 기연을 만나다!

『도시의 주인』

다시 한 번 주어진 운명.
이제까지의 과거는 없다!

소중한 이를 위해! 정의를 외친다!

Book Publishing CHUNGEORAM

유행이 아닌 자유추구 -
WWW.chungeoram.com